きむらゆういち おはなしのへや5

はた こうしろう・絵

ポプラ社

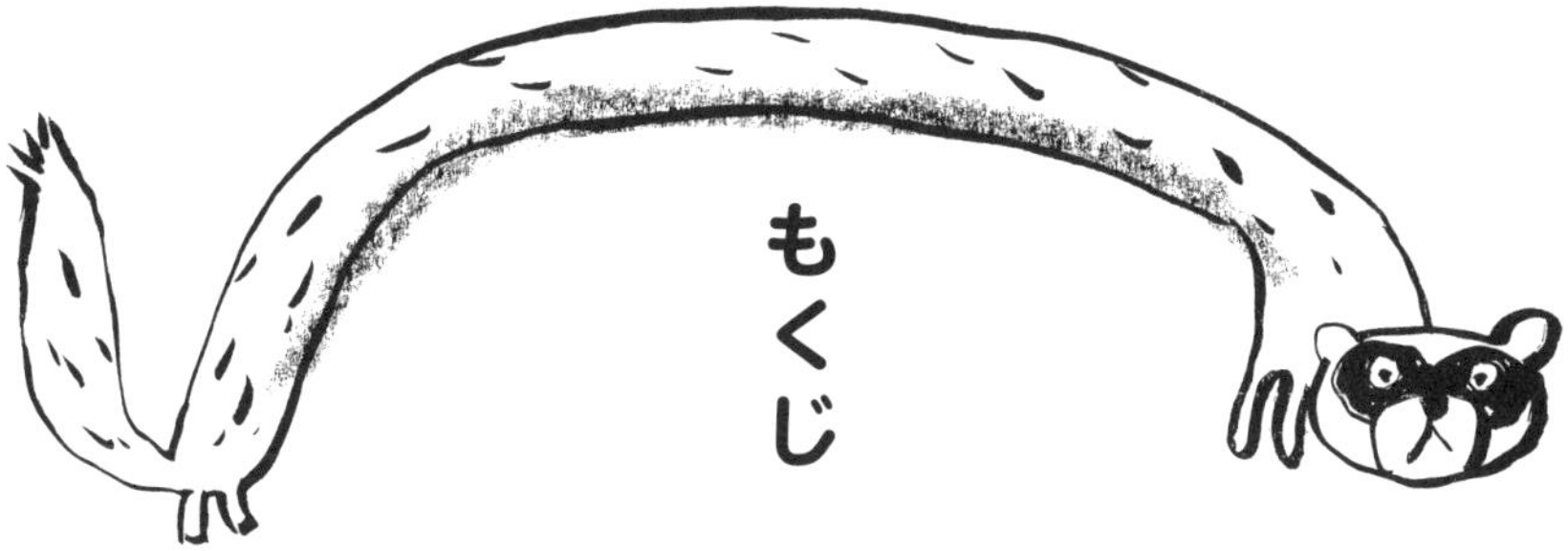

もくじ

装丁　濱田悦裕

あしたのねこ

やせっぽちのこねこがいました。

体《からだ》じゅうの毛《け》はボソボソで、鳴《な》き声《ごえ》はまるでがまがえるみたい。しっぽも少《すこ》しまがっています。

でも、やせっぽちのこねこは、あたたかい家《いえ》に生《う》まれ、おかあさんとたくさんのきょうだいにかこまれて、毎日《まいにち》しあわせでした。

ところがある日《ひ》、こねこたちは、公園《こうえん》にすてられました。

「ごめんね。こんなにたくさんはむりなの。いい人《ひと》にもらわれてね。」

かいぬしさんは、そういうと、ダンボールばこにビスケットをいっぱい入《い》れてくれました。

「なあに、ちょっと引《ひ》っこすようなものさ。」

やせっぽちのこねこがそういってわらうと、

「ああ、つぎのかいぬしさんが見《み》つかるまでね。」

と、きょうだいたちもこたえました。

ダンボールばこのまわりには、
小《ちい》さな人《ひと》だかりができました。
「わあ、かわいい!　ねえ、
ママ、かってもいいでしょう?」
きょうだいたちは、
一《いっ》ぴき、また一《いっ》ぴきと
もらわれていきました。
やせっぽちのこねこは、
そのたびに「こんどはぼくかな?」
と思《おも》い、せいいっぱい
かわいく鳴《な》いてみせましたが、
やっぱりがまがえるのような
声《こえ》しか出《で》ませんでした。

夕《ゆう》ぐれ時《どき》の公園《こうえん》に、ポツポツと雨《あめ》がふりだしました。

気《き》がつくと、やせっぽちのこねこが一《いっ》ぴきだけ、ダンボールばこにのこされました。こねこは、

「でも、いいことだってあるよ。こんなあったかいおうちを、ひとりじめだもの。」

そういってわらいました。

ますます雨《あめ》が強《つよ》くなってきて、あったかいダンボールばこは、雨水《あまみず》でびちょびちょです。でも、やせっぽちのこねこは、

「なあに、ねるところなんてどこにでもあるさ。」

そういってわらうと、公園《こうえん》のはずれに、ぬのでできた家《いえ》を見《み》つけて、もぐりこみました。

いつのまにか、ぐっすりねこんでしまったこねこは、ガタガタとゆれる音《おと》で目《め》をさましました。家《いえ》がうごいているのです。

こねこが見《み》つけた家《いえ》は、トラックのにだいだったのです。海《うみ》の見《み》える道《みち》を通《とお》り、さかをのぼり、トンネルをぬけて、トラックはどんどんこねこの知《し》らないところに行《い》ってしまいます。でもこねこは、「いろんなけしきが見《み》られるもの。楽《たの》しいな。ほら、またひとつ、いいことが見《み》つかった。」

そういってわらいました。

やがて、トラックが止《と》まりました。男《おとこ》の人《ひと》たちがにもつをおろそうとした時《とき》、にだいにいた、やせっぽちのこねこに気《き》がつきました。

「おい、ねこがいるぞ！」

「じゃまだよ。ほらっ、あっちに行《い》け！」

やせっぽちのこねこは、つめたいどうろにほうりだされました。

いつのまにか、雨《あめ》はあがっていましたが、あたりはもうまっくらです。

こねこは、夜《よる》の町《まち》をうろうろするしかありません。

ほかのねこたちを見《み》かけたので、近《ちか》よってみましたが、だれもあいてになどしてくれません。でもこねこは、

「一《いっ》ぴきのほうが気楽《きらく》でいいさ。」

と、わらいました。

ひっそりとしたまよなかの町《まち》に、ひとりぼっち。

こねこには、もうなにものこっていません。おなかもすいてきました。つめたい石《いし》だたみに、外《がい》とうにてらされたみじめなねこのかげがうつっています。

「これがぼく？　こんなに毛《け》がボサボサで、しっぽもみっともなくまがってる……。」

それを見《み》たこねこは、はっとして、きゅうににっこりわらいました。

「そうだ、ぼくはねこなんだ。おなかがすいたら、ねずみをとればいいじゃないか！　ほらね、やっぱりいいことが見《み》つかった。」

うすぐらいやみのなかで、
ねずみがチロチロとうごきました。
いきをひそめて、せいいっぱい
こわい顔《かお》で、ねずみに
とびかかろうとした、その時《とき》です。
「えっ!?」
こねこはドキッとしました。
「ぼ、ぼくのほうが、
ねずみにかこまれてる!」
ものすごい数《かず》のねずみが、
やせっぽちのこねこを、ぐるりと
とりかこんでいたのです。なかには、
こねこよりも大《おお》きいねずみもいます。

そいつらがニヤニヤわらいながら、ジジリとこねこにせまってきました。やせっぽちのこねこは、むちゅうでにげだしました。

まよなかの町《まち》をあてもなく、走《はし》って走《はし》って走《はし》りまわりました。ねずみにもばかにされ、犬《いぬ》にほえられ、よっぱらいにどなられて、走《はし》りました。

とつぜんふりだした大《おお》つぶの雨《あめ》が、つかれたこねこの体《からだ》をずぶぬれにしました。今《いま》まで、ひっしにがんばってきたきもちがはじけて、かってになみだがあふれてきました。目《め》の前《まえ》が、もうぐちゃぐちゃです。こねこは、もうわらえませんでした。

そうして、長《なが》い夜《よ》が明《あ》けるころ、やせっぽちのこねこはへとへとになっていました。えきにむかう人《ひと》たちが、とぼとぼと歩《ある》くこねこをおいこしていきます。だれもこねこのことなど、気《き》にもとめません。

朝《あさ》になってもふりつづける雨《あめ》は、つめたく、こねこの体《からだ》は、ひえきっていました。

バシャッ！

通《とお》りかかった車《くるま》に、どろ水《みず》をかけられながら、歩《ある》きました。

「いったい、ぼくはどこへ行《い》けばいいんだろう。」

その時《とき》、ズルッとうしろ足《あし》がどぶのなかにおちました。

「たすけて！」

前足《まえあし》で体《からだ》をささえてさけびましたが、だれにも気《き》づいてもらえません。雨《あめ》でいきおいよくながれるどぶの水《みず》しぶきが、やせっぽちのこねこの足先《あしさき》に、つめたくあたります。

ズズッ、ズズッと、体《からだ》がすべりおちていきます。

「ああ、もうだめだ……。」

つかまっている前足《まえあし》から、だんだん力《ちから》がぬけていきます。

「ぼく、こんなところでしぬんだ。ぼくがしんだことすら、だれにも知《し》られずに。」

やせっぽちのこねこの頭《あたま》に、おかあさんの顔《かお》がうかんできました。

「ねえ、おかあさん。おかあさんは、ぼくとわかれる時《とき》にこういったよね。『おまえは見《み》ためはわるいけど、きもちだけは、いつもあしたを見《み》てるんだよ。たとえ、どんなめにあったって、そのなかにきっといいところがあるから、それを見《み》つけて、しあわせだって思《おも》うんだよ。そうすれば、かならず、もっとしあわせなあしたがやってくるから。』って。でも、ぼく……、もうだめだよ。」

こねこは、すてられても、だれにももらわれなくても、ダンボールばこがずぶぬれになっても、いつもいっしょうけんめい、いいところを見《み》つけて、じぶんをしあわせだと思《おも》ってきました。

でも、もうむりです。どこにもいいところが見《み》つけられません。

足《あし》の先《さき》が、つめたいどぶの水《みず》にふれた、その時《とき》です。

「おっ、こんなところにきったねえねこがいるぞ。」

だれかがこねこに気《き》づいて、立《た》ちどまったのです。

そこに、通《とお》りかかった人《ひと》たちが、
つぎつぎにあつまってきました。

「おいおい、こいつ、だいじょうぶかよ。」

「どぶにおちちゃうわ。」

「まだ生《い》きてるぜ。」

すると、みどり色《いろ》のかさが、こねこに近《ちか》づきました。

「おまえ、なにやってるんだ。あぶないぞ。」

そういって、わかい男《おとこ》の人《ひと》が、
こねこをつまみあげました。

「かわいそうに。ふるえてるじゃない。」

「そっちのほうが、雨《あめ》にぬれないよ。」

色《いろ》とりどりのかさの間《あいだ》から、たくさんの目《め》がこねこを見《み》つめています。

「わあ、みんながぼくを見《み》てる。」

こねこは、むねがいっぱいになりました。だれかが自分《じぶん》のいることに気《き》がついてくれた。もう、それだけでじゅうぶんでした。

そんな、あたりまえの、なんでもないようなことでも、こねこにはしあわせに思《おも》えて、生《い》きる力《ちから》がわいてきたのです。

「ほらね、いいことがひとつ見《み》つかった。」

こねこはにっこりわらうと、あしたにむかってせいいっぱい、

「ニャア。」

と鳴《な》いてみせました。あいかわらず、がまがえるみたいな鳴《な》き声《ごえ》でしたけどね。

はしれ！ ウリくん

明日《あした》は、まちにまった森《もり》のかけっこ大会《たいかい》です。

タタタタター
いのししのウリくんが、れんしゅうしていると、

「かけっこなら、わたしもまけないわ。」

「ふふん、でも今年《ことし》のゆうしょうは、オイラさ。」

通《とお》りかかったかもしかさんとやまねこくんは、そういいました。

「今年《ことし》はしっぱいしないよ。」

かけっこ大会《たいかい》は、広場《ひろば》をスタートして、森《もり》をぐるっと一《いっ》しゅうします。

ところが、きょねん、ウリくんはまっすぐ走《はし》ってビリになってしまいました。

「明日《あした》は、ぜったいにゆうしょうするぞ。だって、あんなにれんしゅうしたんだもん。」

ウリくんは森《もり》じゅうのどうぶつたちの見《み》まもるなか、どうどうと一番《いちばん》

でゴールに入《はい》っていく自分《じぶん》を思《おも》いうかべながら、ねむりにつきました。

さあ、いよいよ朝《あさ》になりました。かけっこ大会《たいかい》のために、森《もり》じゅうのどうぶつたちが広場《ひろば》にあつまってきました。ウリくんはもちろん、やまねこくんにかもしかさん、きつねくんにうさぎちゃんと、みんな走《はし》るのがとくいなどうぶつたちです。

「ようい！」

さるくんが、ピストルを空《そら》にむけました。

ドン！

みんな、いっせいに走《はし》りだします。

あ、せんとうは、やまねこくんです。やまねこくんのすぐうしろにかもしかさん。ウリくんは、やまあらしくんのはりがじゃまで、前《まえ》に出《で》られません。ウリくんは、一番《いちばん》さいごを走《はし》っています。

「このままじゃビリになっちゃうよ……。どうしよう。そうだ。えーい！」

ウリくんは、前《まえ》を走《はし》っているやまあらしくんをとびこすと、思《おも》いきり走《はし》りはじめました。はやい、はやい。ウリくんは、みんなをつぎつぎにおいぬきます。あっというまに一番前《いちばんまえ》に走《はし》りでたウリくんは、走《はし》って走《はし》って走《はし》って走《はし》って……。気《き》がつくとだれもいない森《もり》のなかにいました。

「あれれ。こ、ここは、いったいどこ。」

ウリくんは、はっとしました。

「しまった。ぼく、またまっすぐ走《はし》っちゃったんだ。早《はや》くもどらなくちゃ……。でも、今《いま》からもどっても、ゆうしょうできっこないな……。」

また今年《ことし》もしっぱいしたなんて、みんなに大《おお》わらいされてしまいます。

「あ〜あ、もうかけっこなんて、やーめた。」

その時《とき》です。

「たすけて〜。」

かけっこのコースのほうから、声《こえ》がします。

見《み》ると、うさぎちゃんが川《かわ》のなかの岩《いわ》につかまって、さけんでいます。

「たいへんだ。今《いま》、たすけにいくからね。」

ウリくんは、はしをとびおりると、岩《いわ》をわたって、うさぎちゃんの手《て》をつかんで、引《ひ》っぱりあげました。

「ありがとう。かけっこのとちゅうで、はしからおちちゃったの。ウリくんまでおくれちゃって、ごめんね。いそがなくっちゃ。」

と、うさぎちゃんは、広場《ひろば》へむかおうとします。

ところが、走《はし》ろうとするうさぎちゃんのようすがおかしいのです。

「まってよ、うさぎちゃん。足《あし》をケガしているじゃない。その足《あし》じゃ、走《はし》れないし、今《いま》からもどってもビリだよ。」

「わたし、ビリでも走《はし》りたいの。かけっこ大《だい》すきだし、なんちゃくになっても、さいごまでがんばるの。」

うさぎちゃんは、先《さき》へとすすみます。

ウリくんは、うさぎちゃんをおいかけはじめました。

「おぶってあげようか？」

「だいじょうぶ。自分《じぶん》で行《い》く。」

「少《すこ》し休《やす》む？」

「ううん、いいの。」

ウリくんは、うさぎちゃんがいっしょうけんめいなので、

なんだか自分《じぶん》がはずかしくなってきました。

（あんなにれんしゅうしたんだし、ぼくだって、さいごまでがんばらなきゃ。）

「ほら、こっちだよ。」

「うん。」

「あと少《すこ》しだよ、うさぎちゃん。」

広場《ひろば》から、みんなの声《せい》えんが聞《き》こえてきます。

「ウリくん、いっしょに走《はし》ってくれて、ありがとう。」

「ううん、ぼくこそ。さあ、いっしょに行《い》こう。」

もう、じゅんいなんて、かんけいありません。ウリくんは、うさぎちゃんの手《て》をしっかりとにぎって、いっしょうけんめい走《はし》ります。ゴールが見《み》えてきました。どうぶつたちが、ウリくんたちに気《き》づきました。

「おや、あれはウリくんじゃないか。」

「今《いま》ごろ、どうしたんだ?」

「わたしが川《かわ》におちちゃったら、ウリくんがたすけてくれたのー。」

うさぎちゃんが手《て》をふって答《こた》えました。

「おおー。すごいぞー。」

「ウリくん、うさぎちゃん、がんばれー!」

どうぶつたちちからふたりに、大《おお》きなはくしゅがおこりました。ウリくんは、ちょっぴりてれくさくなって、下《した》をむいてゴールに入《はい》りました。

「やまねこくん、ゆうしょう、おめでとう。」

「ありがとう。でも、ウリくんもがんばったね。」

やまねこくんが、そういってくれました。

「うん。一番《いちばん》になれなくても、やっぱりぼく、さいごまで走《はし》ってよかったよ。」

ウリくんは、にっこりわらいました。

いつもぶうたれネコ

いつも、ぶうたれてるネコがいました。

「あーあ、ちぎれたしっぽはいたいし、右《みぎ》のうしろ足《あし》は動《うご》かないし、もう、やんなっちまったよ。」

このネコには、やねの上《うえ》から見《み》える家《いえ》も木《き》も道《みち》もゴミばこも、みんなつまらないものに見《み》えました。

ネコは、前《まえ》に人間《にんげん》につかまって、トラックからにげだしました。その時《とき》、しっぽがちぎれてしまったのです。

「まったく、人間《にんげん》なんてさいていだよ。」

ネコはいつもそういっては、人間《にんげん》をにくんでいました。右《みぎ》のうしろ足《あし》は、なかまと魚《さかな》のほねのとりあいをして、へいからおちた時《とき》におれたのです。

「なかまなんて大《だい》っきらいさ。」

足《あし》のきずをなめながら、ネコはいつもそういっては、なかまをうらんでいました。

そんなネコにも、しあわせな時《とき》がありました。すてられてすぐ、やさしいおねえさんにひろわれたのです。おねえさんは、いっぱいだっこしてくれて、いっぱい名前《なまえ》をよんでくれました。

でも、すぐおよめにいってしまい、べつの家《いえ》にもらわれました。

そこの家《いえ》の男《おとこ》の子《こ》にヒゲをぬかれたり、けっとばされたり、毎日《まいにち》のようにいじめられ、ネコはまたノラネコになるしかありませんでした。

そんな時《とき》、かっこいい黒《くろ》ネコに出会《であ》いました。黒《くろ》ネコとはいつもいっしょでした。

それも、黒《くろ》ネコが車《くるま》にひかれてしんでしまうまでの、わずか三日間《みっかかん》でした。

「ホントについてないよ。ふん、あたしがいったいなにをしたっていうんだい。こうなったのは、みんなだれかのせいさ。」

そういってためいきをついた時《とき》、どこかの家《いえ》から楽《たの》しそうなわらい声《ごえ》が聞《き》こえてきました。

「ちっ、なにがおもしろいんだい。かってにわらってろってんだ。」

はきすてるようにそういうと、こわれかけたあき家《や》のやねから、なかにおりました。おなかがすいたので、ゴミでもあさってこようと思《おも》ったのです。すると、出口《でぐち》のいたがくずれていて、外《そと》に出《で》られません。

「この家《いえ》、毎日《まいにち》どこかがこわれていくんだから。やんなっちまうよ。」

ネコがていねいにいたをどけていくと……。

「ふうー、たすかったあ。」

いたの下《した》からネズミのこどもがあらわれました。どうやら、いたの下《した》じきになって出《で》られなくなっていたようです。

「ボクね、きのうからずっと、ここで、たすけてえーって……。」

そういってネズミのこどもが顔《かお》を上《あ》げた時《とき》です。ネコと目《め》が合《あ》いました。ネコはしたなめずりをしてネズミのこどもを見《み》つめました。

（むかしのようにすばやく動《うご》けたら、0.3びょうでこのネズミをおさえつけていたのに……。）

でも、今《いま》はたとえ目《め》の前《まえ》にいても、かんたんににげられてしまうでしょう。ネコはぷいっとよこをむくと、さっさとゴミすてばにむかって歩《ある》きだしました。ネズミがうしろでずっと見《み》ているのをかんじましたが、わすれることにしました。どうせつかまえられないネズミのことなんて、

考《かんが》えないほうがいいからです。

この日《ひ》は、ネコにとってさいあくでした。うしろ足《あし》を引《ひ》きずりながらやっとゴミすてばにつくと、ゴミすてばのネットは、がんじょうでもぐりこめないし、大《おお》つぶの雨《あめ》までふりだしてきたのです。

「やってらんないよ。」

帰《かえ》ろうとすると、通《とお》りすぎる車《くるま》にバシャッとどろ水《みず》をあびせられ、そのはずみでさかをころげおち、水《みず》たまりにボチャン。

「ククク。」

「ヒヒヒ。」

どこかで見《み》ている知《し》らないネコたちのわらい声《ごえ》が聞《き》こえてきます。

「ふん、バカにしやがって。」

ネコは、足《あし》のいたみをこらえて立《た》ちあがり、むねをはって歩《ある》きました。

でも、やっと家《いえ》についたころには、ネコの体《からだ》はひえきっていました。

「なんだか頭《あたま》がいたい……。」

そういって中《なか》に入《はい》ろうとした時《とき》です。

にゅっと、さっきのネズミが顔《かお》を出《だ》しました。

そして、ネコの前《まえ》までくると、大《おお》きな声《こえ》でこういったのです。

「ありがとう！」

「はあ？」

「あの……さっき、たすけてくれて……。」

（やれやれ、とんだかんちがいをしちまってるようだね、このネズミは。）

ネコはなんだかおかしくなって、

「フフ、あのねえ、あたしゃネコだよ。ネコってのはねえ。」

「知《し》ってる。だから、ボクを食《た》べないでいてくれたのもうれしかったんだ。」

ネコは今《いま》まで、たとえかんちがいでも、だれかに、「ありがとう」なんていわれたことがありませんでした。だから、ちょっとくすぐったいような きもちになりましたが、今《いま》はそれどころではありません。

「どうでもいいよ。さっさとうちに帰《かえ》んな。」

そういうと、家《いえ》のなかに入《はい》って、つめたいゆかにゴロリとよこになりました。さむくて、体《からだ》がガタガタふるえています。

「はあー、もうダメかもしれない。ああ、さむいよう。さむいようー。」

くるしそうにうめいているうちに、ネコはねむってしまいました。

どれくらいねむったのでしょう。

ふと、目《め》をさますと、体《からだ》がポカポカしています。おきあがると、いつのまにかけたのか、体《からだ》の上《うえ》からダンボールがズルッとすべりおちました。

ふと見《み》ると、よこで、さっきのネズミがどろだらけになっていて、スヤスヤねむっています。ネズミの体《からだ》はあちこちキズだらけになっていました。

「へえー。」

ネコは、ダンボールと小《ちい》さなネズミをかわりばんこに見《み》くらべました。

「こんな大《おお》きなもの、どうやってはこんできたんだろうねえ。」

やっとネズミが目《め》をさました時《とき》、雨《あめ》はもうやんでいました。

「おまえ、帰《かえ》んなかったのかい。」

ネコが声《こえ》をかけると、ネズミは下《した》をむいてぽつりといいました。

「ボク、帰《かえ》るとこ、ないんだ。」

聞《き》くと、このネズミは、かぞくにおいてけぼりにされたそうです。

「フフフ、どじだねえ。ま、だから

あんなところにとじこめられたんだろうけどね。」

ネコは、小《ちい》さいころにすてられた自分《じぶん》を思《おも》い出《だ》しました。

「ちょっとおいで。」

ネコはやねの上《うえ》にネズミをあんないしました。やねの上《うえ》にのぼると、夜空《よぞら》にたくさんの星《ほし》がまたたいていました。

「わあ、きれい。」

ネズミが声《こえ》をあげました。

ネコはいきなり、グアッと口《くち》をあけて、ネズミの前《まえ》にこわい顔《かお》をつきだしてみせました。でもネズミは、こわがりもせず、

「うふっ、おもしろい顔《かお》。」

といってわらいだしたのです。ネコもつられてわらうと、

「さっきはありがとよ。おまえさんはホントにおもしろいやつだね。」

と、てれくさそうにいいました。

「もうさむくない？」

「ああ、おかげでね。これ、あたしのだいじなおまもりさ。」

ネコはそういって、小《ちい》さなすずをネズミに見《み》せました。それは、はじめにかわいがってくれたおねえさんにつけてもらったすずでした。

そのあとのふこうな話《はなし》を、ネコはおもしろおかしく、ネズミに話《はな》して聞《き》かせました。

ネズミはわらい声《ごえ》をたてて、楽《たの》しそうに聞《き》いています。

そんなネズミを見《み》ていると、むかしのいやなことなんて、どうでもよくなってきました。

「ふふ、あたしがネコで。」

「ボクがネズミなのに。」

そして、ふたり同時《どうじ》に、

「なんだかへんなの。」

といってわらいました。
気《き》がつくと、ふしぎなことに、やねの上《うえ》から見《み》える、家《いえ》も木《き》も道《みち》もゴミばこも、みんな、キラキラかがやいて見《み》えるのです。
ネコは大《おお》きくのびをすると、めずらしくこんなことをいいました。
「さて、明日《あした》もがんばるか。」

ひとりぼっちのアヒル

アヒルは、自分《じぶん》のすがたが気《き》に入《い》りませんでした。

まぬけな顔《かお》、みじかい足《あし》、とべない羽《はね》。

空《そら》を見《み》あげると、じゆうに空《そら》をとんでいる鳥《とり》たちが見《み》えます。アヒルは、ためいきをついて見《み》あげるのをやめると、目《め》の前《まえ》の木《き》になかよさそうな鳥《とり》たちが見《み》えます。アヒルはためいきをついて、下《した》をむきます。下《した》を見《み》ると、足《あし》もとの池《いけ》に、そんなみじめな自分《じぶん》のすがたがうつっているのが見《み》えます。アヒルは、そのたびにためいきをついて、また、空《そら》を見《み》あげるのです。

こんなアヒルでも、前《まえ》に一《いち》ど、なかよしになった鳥《とり》がいました。

足《あし》が長《なが》くて、りっぱなつばさをもっている鳥《とり》でした。

そんな鳥《とり》とおしゃべりした時《とき》は、うれしくて、みんなにじまんしたく

なりました。その鳥《とり》が走《はし》りだしたので、アヒルも、いっしょうけんめいあとをついていきました。すると、その鳥《とり》は、

「おまえ、とべないくせに、なんでついてくるの。」

ふりむいてそういうと、大《おお》きなつばさをはばたかせて、とんでいってしまったのです。

その時《とき》から、アヒルは、ほかの鳥《とり》に近《ちか》づくのがこわくなりました。

また、きずつくくらいなら、ひとりぼっちでいるほうが、気《き》が楽《らく》です。たまに、ほかの鳥《とり》から、いっしょに草《くさ》のみをとりにいかないか、とか、東《ひがし》のほうの池《いけ》に行《い》ってみようよ、なんてさそわれますが、アヒルは、いつも首《くび》をよこにふりました。

気《き》がつくと、もうだれも、アヒルをさそわなくなっていました。

いつもいつもひとりでいるものだから、だれとも話《はなし》をしない日《ひ》が、なん日《にち》もつづきました。

そんなアヒルを、一羽《いちわ》のカモが見《み》つけました。空《そら》の上《うえ》をとんでいたら、ポツンと白《しろ》い鳥《とり》が見《み》えたのです。

カモは、一《いっ》ぴきの魚《さかな》をくわえていましたが、大《おお》きく一回《いっかい》てんすると、アヒルのもとにまいおりていきました。

「よっ、この魚《さかな》、おまえにやるよ。」

いきなり魚《さかな》を前《まえ》にほうりだされて、アヒルはおどろいて、カモを見《み》つめました。

「食《く》いきれねえから、あとで食《く》おうと思《おも》って、くわえてきたけどさ。海《うみ》からずっとだろ、アクビもできねえし。さすがに、やんなっちまってよ。でも、すてるのももったいねえし、そしたらおまえが見《み》えたんだ。ほら、えんりょしねえで食《た》べろよ。」

カモは、アヒルのよこにどっかとすわると、スヤスヤといねむりをはじめました。

アヒルはどうしていいかわからず、カモの顔《かお》と魚《さかな》を、かわりばんこに見《み》つめるしかありませんでした。

しばらくして、カモが目《め》をさますと、魚《さかな》がそのままなのに気《き》がつきました。

「おまえ、食《た》べなかったのか。そうか、この魚《さかな》すきじゃないんだ。よし、もったいねえから、オレが食《く》うぞ。」

そういって、ペロッと魚《さかな》をのみこむと、

「じゃあな。」

と、とびたっていきました。

アヒルはその日《ひ》からなんとなく、カモがとんできたほうの空《そら》を見《み》あげるようになりました。

なん日《にち》かたって、またカモがとんできました。

「ほらっ、こんどの魚《さかな》はどうだい。これならすきか。」

ポンと魚《さかな》をほうりだして、カモがわらいます。

アヒルもつられて、少《すこ》しわらうと、

「こいつはずっと北《きた》のみずうみの魚《さかな》さ。ちょっと小《ちい》さいけど、あじはなかなかだぜ。ほら、食《た》べてみろよ。」

カモにうながされて、草《くさ》のみばかり食《た》べていたアヒルは、はじめて魚《さかな》をついばんでみました。

「おいしい。」

聞《き》きとれないくらい小《ちい》さな声《こえ》でアヒルがそういうと、またカモがわらいました。

「へえー、おまえ、そんなかわいい声《こえ》出《だ》すんだ。よし、こんど、もっとすごいのをもってきてやるよ。」

そういって、カモは大《おお》きくはばたいて、とびたっていきました。

カモは、いつも元気《げんき》いっぱいでした。

行《い》ってみたいところも、食《た》べてみたいものも、山《やま》ほどあり、生《い》きているあいだに、世界《せかい》じゅうのたからものを見《み》てやる、といわんばかりに、大空《おおぞら》をとびまわっていました。だから、ゆっくり羽《はね》を休《やす》めている時間《じかん》など、もったいないと、いつも思《おも》っていました。

でも、そんなカモにも、ひとつだけ足《た》りないものがありました。せっかく行《い》ってみたいところに行《い》って、食《た》べてみたい魚《さかな》を食《た》べても、それを話《はな》して、わかってもらえるあいてがいなかったのです。カモは、どこかに行《い》くたびに、せっせとアヒルに魚《さかな》のプレゼントをもっていきました。

アヒルも、そんなカモを、毎日《まいにち》まつようになりました。

「おう、またもってきてやったぜ。こんどのは、せびれが黄金《おうごん》にかがやいているだろう。こいつは、南《みなみ》へ行《い》って、そこからまた西《にし》に、まる一日《いちにち》とんだ海《うみ》の魚《さかな》よ。すごくきれいな海《うみ》だったぜ。」

そんな話《はなし》を聞《き》きながら、アヒルはほんの少《すこ》しだけ魚《さかな》を食《た》べます。

でも、すぐに、カモはぐっすりねむり、すぐにまた、空高《そらたか》くはばたいていってしまうのです。

(もうそろそろ、またあのカモがやってくるころだ。)

アヒルは、いつものように空《そら》を見《み》あげていました。でも、カモは、いくらまってもやってきません。一日《いちにち》たち、二日《ふつか》たち、三日《みっか》めになっても、アヒルは空《そら》を見《み》あげていました。

「やっぱり、わたしがとべないから……。」

今《いま》まで楽《たの》しかったぶんだけ、アヒルはもっとみじめなきもちになりました。もうだれもしんじられない。しんじたくない。じっとまっている自分《じぶん》がみじめで、アヒルは、ウロウロと歩《ある》きはじめました。

しばらく行《い》くと、おかのとちゅうの木《き》のねもとに、なにやらボロボロのものがおちています。近《ちか》づいてみると、なんとそれは、あのカモでした。カモは大《おお》けがをして、いきもたえだえに、たおれていたのです。

アヒルがカモをだきおこすと、カモがやっと目《め》をあけて、いいました。

「ちっ、なさけねえ。ここにくるとちゅうで、タカのヤツにやられちまってよ。」

「でも、こようとしてたのね。」

アヒルがいうと、

「あ、でも、おまえが楽《たの》しみにしている魚《さかな》のプレゼントを、どっかにおとしちまってな。」

カモが力《ちから》なくわらいました。アヒルは目《め》になみだをうかべ、おこったようにさけびました。

「バカ！　プレゼントなんて、どうでもいいのに。わたしは、プレゼントといっしょにくる、あなたのほうをまっていたんだから。」

いつのまにか日《ひ》がしずみ、たくさんの星《ほし》が、木《こ》のはのすきまからキラキラと光《ひか》りはじめました。

二羽《にわ》の鳥《とり》は、まるでクリスマスツリーのなかにいるようです。

「きれいだな。」

カモが見《み》あげていうと、

「ええ、こんな夜《よる》にいっしょにいてくれるだけで、わたしにはさいこうのプレゼントよ。」

アヒルも星《ほし》を見《み》あげて、いいました。

「ああ、オレ、今《いま》わかったんだけど、もしかして、世界《せかい》で一番《いちばん》のたからは、ここかもなって。」

そのことばを聞《き》いて、アヒルは、まるで空《そら》をとんでいるようなきもちになりました。その時《とき》から、ずうっと、アヒルは心《こころ》の空《そら》をとんでいます。

あのカモといっしょにね。

風切《かざき》る翼《つばさ》

それは、夕《ゆう》ぐれ時《どき》の一《いっ》しゅんのできごとだった。
わかいアネハヅルのむれが、キツネにおそわれたのだ。
ツルのむれは、パニックになる。
気《き》がつくと、一羽《いちわ》のなかまのいのちが、うしなわれていた。
その一羽《いちわ》は、まだおさない鳥《とり》だった。

モンゴルの草原《そうげん》の、うずまく風《かぜ》のなかで、きずついたむれは、むごんの夜《よる》をむかえた。だれの心《こころ》のなかにも、こうかいがうずまいていた。

あの時《とき》、もっと早《はや》くにげていれば……。

あの時《とき》、すぐキツネに気《き》づいていれば……。

二《に》どともどらないいのちへの思《おも》いは、どうどうめぐりをつづけ、くやしさだけがつのっていく。

その思《おも》いのはけ口《ぐち》など、どこにもない。

「あの時《とき》、だれか、はばたいたよな。」

だれかが口《くち》をひらいた。

「クルルがカラララにえさをとってやった時《とき》か？」

クルルは、時《とき》どき、体《からだ》のよわいカラララに、とったえさをわけてやっている。

「キツネに気《き》づかれたのは、そのせいだよ。」

「あんな時《とき》に、えさなんてわけるんじゃないよ。」

「オレは前《まえ》から、ああいうクルルが気《き》になってたんだ。」

いかりのもっていき場《ば》が見《み》つかったとばかりに、みな、口《くち》ぐちにクルルにきびしいことばをぶつけてくる。

(あの時《とき》はばたいたのは、オレだけじゃない。キツネは、その前《まえ》からねらっていたんじゃないのか。カララにえさをあたえたことと、ほんとうにかんけいがあるのか。)

そんないいわけなど、おしつぶさ

れそうなふんいきに、クルルはだまるしかなかった。

その時《とき》からクルルは、まるで、なかまごろしのはんにんのように、あつかわれるようになった。だれひとり、かれのみかたはいない。

カララでさえ、だまってみんなのなかにまじっている。

なかま、ともだち、今《いま》まであたりまえだったものすべてが一変《いっぺん》した。みな、かれにせをむけ、口《くち》をきくものさえ、だれもいない。

クルルのきもちなど、だれひとりわかろうとしないのだ。

ともだちもなかまも、なにもかもがしんじられない。

たった一羽《いちわ》でいるしかなくなった、みじめな自分《じぶん》。

クルルはそんな自分《じぶん》をせめた。

風《かぜ》のなかをとぶ自分《じぶん》の翼《つばさ》の音《おと》すら、みっともないざつ音《おん》に聞《き》こえる。

「あの時《とき》、どうしていいかえさなかったんだ。みんなとうまくやれない自分《じぶん》がくやしい。こんな自分《じぶん》がいやだ。自分《じぶん》の顔《かお》、自分《じぶん》の足《あし》、自分《じぶん》の翼《つばさ》、みんないやだ。」

クルルは、みんなととぶことがつらくなってきた。

ある朝《あさ》、クルルはとべなくなっていた。

いつものようにはばたいているのに、体《からだ》がまいあがらないのだ。

クルルは、ただじっと草原《そうげん》のかたすみにうずくまるしかなかった。

冬《ふゆ》が近《ちか》づいてくる。

冬《ふゆ》のモンゴルの草原《そうげん》は、れい下五十《かごじゅう》どのさむさにおそわれる。

その前《まえ》に、アネハヅルのむれは、ヒマラヤ山《さん》みゃくをこえて、インドにわたっていくのだ。

冬《ふゆ》を前《まえ》にしてとべなくなったツルは、しぬしかない。

でもクルルには、そんなこと、どうでもよくなっていた。

えさを食《た》べず、ただじっとうずくまっていることだけが、おしつぶされそうなさいごのプライドをたもつ、ゆい一《いつ》の方法《ほうほう》に思《おも》えた。

やがてツルのむれが、南《みなみ》にむかってとんでいくのが見《み》えた。だい二《に》、だい三《さん》のむれもわたりはじめる。

白《しろ》い雪《ゆき》がちらほらとまいはじめた時《とき》だ。

クルルの目《め》に、南《みなみ》の空《そら》からまいおりてくる一羽《いちわ》の鳥《とり》が見《み》えた。

カララだ。

カララはなにもいわずにクルルのとなりにおりたった。クルルは、もしカララが、

「さあ、いっしょに行《い》こう！」

といったら、たとえとべたとしても、首《くび》をよこにふるつもりだった。

「オレなんかいらないだろう。」

ともいうつもりだった。

でも、カララはなにもいわなかった。

ただじっととなりにいて、南《みなみ》にわたっていくむれをいっしょに見《み》つめていた。

日《ひ》に日《ひ》にさむさがましてくる。

（こいつ、かくごしてるんだ。）

クルルの心《こころ》が少《すこ》しずつとけていく気《き》がした。

（そうか、オレがとばないとこいつも……。）

と思《おも》った、その時《とき》！

いきなり、しげみからキツネがあらわれた。

するどいはが光《ひか》り、カララにとびかかる。

「あぶない！」

そのしゅんかん、クルルはカララをつきとばすようにはばたいた。カララはそれを合図《あいず》にとびあがった。

「あっ……。」

気《き》がつくと、クルルの体《からだ》も空《そら》にまいあがっていた。
もくひょうをうしなったキツネが、くやしそうに空《そら》を見《み》あげている。

「オレ、とんでる。」

クルルは思《おも》わずさけんだ。

力《ちから》いっぱいはばたくと、風《かぜ》のなかを体《からだ》がぐんぐんとのぼっていく。

風《かぜ》を切《き》る翼《つばさ》の音《おと》が、ここちよいリズムで体《からだ》いっぱいにひびきわたった。

「わたれるぞ。これなら、あのそびえたった山《やま》をこえることができるぞ。」

カララがふりむいて、

「いっしょに行《い》ってくれるかい？」

といった。

「もちろんさ。」

クルルも、少《すこ》してれてわらってみせた。

二《に》羽《わ》のアネハヅルは、さいごのむれをおうように、南《みなみ》にむかった。

翼《つばさ》を大《おお》きくはばたかせ、どこまでもどこまでも……。

うそつきいたちのプウタ

「グワオゥ〜〜〜!!」

もんじゃが原《はら》に、おそろしいライオンのうなり声《ごえ》がひびきわたった。

きのこがりにいった、いたちのプウタがあわててにげかえってきた。

「だいじょうぶだった?」

「こわかったでしょ。」

うさぎたちにしんぱいされて、プウタは思《おも》わずこういってしまった。

「へんっ! ライオンなんて、へっちゃらだい。」

すると、うさぎたちはびっくり!

「へえ〜。プウタくんて、すごいんだ。」

プウタは、ちょっぴりうれしくなった。

そこに、みんながあつまってきた。

「なに、プウタくんがすごいんだって!?」

プウタは、またこういってしまった。

「ライオンなんて、ぼくが、ぼうをふりまわしておっぱらっちゃったよ。」

「ひぇー。プウタくんって、すごいんだ。」

りすのぼうやなんて目《め》をまんまるにしている。

プウタは、ますますいい気分《きぶん》。

プウタはもっといい気分《きぶん》になりたくて、
つぎの日《ひ》は、こんなことをいいはじめた。

「この花《はな》は、ギリギリ谷《だに》をぴょーんととびこして、とってきたんだ。」

「えー!! あのふかいギリギリ谷《だに》を!」

「この山《やま》ももは、だいじゃのいる木《き》からもいできたんだぜ。」

「へえー。プウタってすごいなあ。」

そんなうそのじまん話《ばなし》に、森《もり》のみんなはかんしんするばかり。

りすのぼうやなんて、ずっとプウタのあとをついてくる。

プウタは、毎日《まいにち》が楽《たの》しくってしょうがない。

「うふふ。もっとおどろかしてやろうっと。えーと、えーと……。あっ、そうだ！」

プウタは、ポンと手《て》をたたいた。

つぎの日《ひ》の夕方《ゆうがた》。

「グワオゥ〜〜〜!!」

と、もんじゃが原《はら》から、ライオンのうなり声《ごえ》。その声《こえ》にみんなが「ひえー。」とふるえあがった、その時《とき》、プウタがもんじゃが原《はら》から出《で》てきた。

「やあ、ぼくがしっぽをもいでやったら、ライオンのやつ、なきながら、にげていっちゃったよ。ほらね。」

みんなはさすがに顔《かお》を見《み》あわせた。

「まさか、あのライオンのしっぽを！」

「ほんとうかしら……。」

すると、木《き》の上《うえ》で……。

「おかしいなあ。わしもいたけど、ライオンなんてどこにも見《み》なかったぞう。」

と、もんじゃが原《はら》のしまふくろうも首《くび》をかしげている。

「さっきのうなり声《ごえ》、なんだかプウタの声《こえ》にそっくりだったわ。」

「ねえ、ちょっとそのしっぽを、よく見《み》せてちょうだい。」

みんなに口《くち》ぐちにいわれて、プウタは、こそこそとにげだした。

「プウタの話《はなし》は、あやしい。」

「プウタはうそつきだ。」

その日《ひ》から、もうだれも、プウタの話《はなし》を聞《き》かなくなった。

「ちぇっ。おもしろくないな。」

プウタがふてくされて歩《ある》いていると……。

「ねえ、ライオンをやっつけた時《とき》の話《はなし》、もっと聞《き》かせてよ。」

うしろで声《こえ》がした。りすのぼうやだった。

「よーし、それなら、今《いま》からライオンをやっつけに、もんじゃが原《はら》に行《い》くかい。」

「わあ！　ほんと。」

りすのぼうやは目《め》をまんまるにした。

プウタは気分《きぶん》がよくなってきた。

もんじゃが原《はら》の木《き》の下《した》につくと、

「今《いま》ライオンを見《み》つけてくるから、まってろよ。」

プウタはそういって、草《くさ》むらに入《はい》っていった。

「うふふ。あいつなら、ほんものだってしんじるさ。」

プウタは、木《き》のつるで、にせのライオンのしっぽを作《つく》りはじめた。

プウタがしっぽをプラプラふりながら、

「おーい、今《いま》ライオンのやつを……。」

やっつけてきた、といおうとした、その時《とき》だ。

なんと、ほんもののライオンが、のそりとあらわれたじゃないか。

それも、りすのぼうやのいる木《き》にむかって、のしのしと歩《ある》いている。

「あわわわわっ。」
と、プウタはふるえあがると、
りすのぼうやをおきざりにして、
さっさとにげだした。
走《はし》りながら、プウタの頭《あたま》に、
りすのぼうやのまんまるい目《め》が
うかんだ。
プウタは、ぎゅっと目《め》をつむった。
『プウタさんて、すごいや。』
そんなりすのぼうやのことばが頭《あたま》をよぎる。
「あいつ、ぼくのうそ、なんでもしんじやがって……。えーい、もう！」
プウタは、くるりとむきをかえると、ゆうきをふりしぼって走《はし》りだした。
木《き》のところにもどると、

「ほら、しっかりつかまれ！」

りすのぼうやをせおうと、力《ちから》いっぱい走《はし》りだした。

「グワオゥ〜〜〜!!」

プウタを見《み》つけたライオンが、おそろしい顔《かお》でおいかけてくる。

プウタは、野原《のはら》をこえ、おかをのぼり、川《かわ》をとびこして、むちゅうで走《はし》った。

ライオンも、どこまでもどこまでもおいかけてくる。

しかし、プウタの行《ゆ》く手《て》には、ふかいギリギリ谷《だに》が……。

「ど、どうしよう……。」

とうとうプウタは、がけのふちにおいつめられた。

「むかいの山《やま》の山《やま》ももの木《き》にとびつけば、たすかるかも……。」

谷《たに》ぞこを見《み》おろすと、ぞくぞくと足《あし》がすくんだ。

でもライオンは、もううしろまできている。

プウタは大《おお》きくいきをすいこむと……。

「えい！」

ザザザザザ――――!!

やっとの思《おも》いで、山《やま》もものえだにつかまったプウタがふりむくと、いきおいあまったライオンがまっさかさまにおちていくところだった。

この話《はなし》は、あっというまに森《もり》じゅうに広《ひろ》がった。

プウタは、さぞかしみんなにじまんしたろうって？

いいえ、もう、うそやじまん話《ばなし》は、こりごりだってさ。

モグルはかせのひらめきマシーン

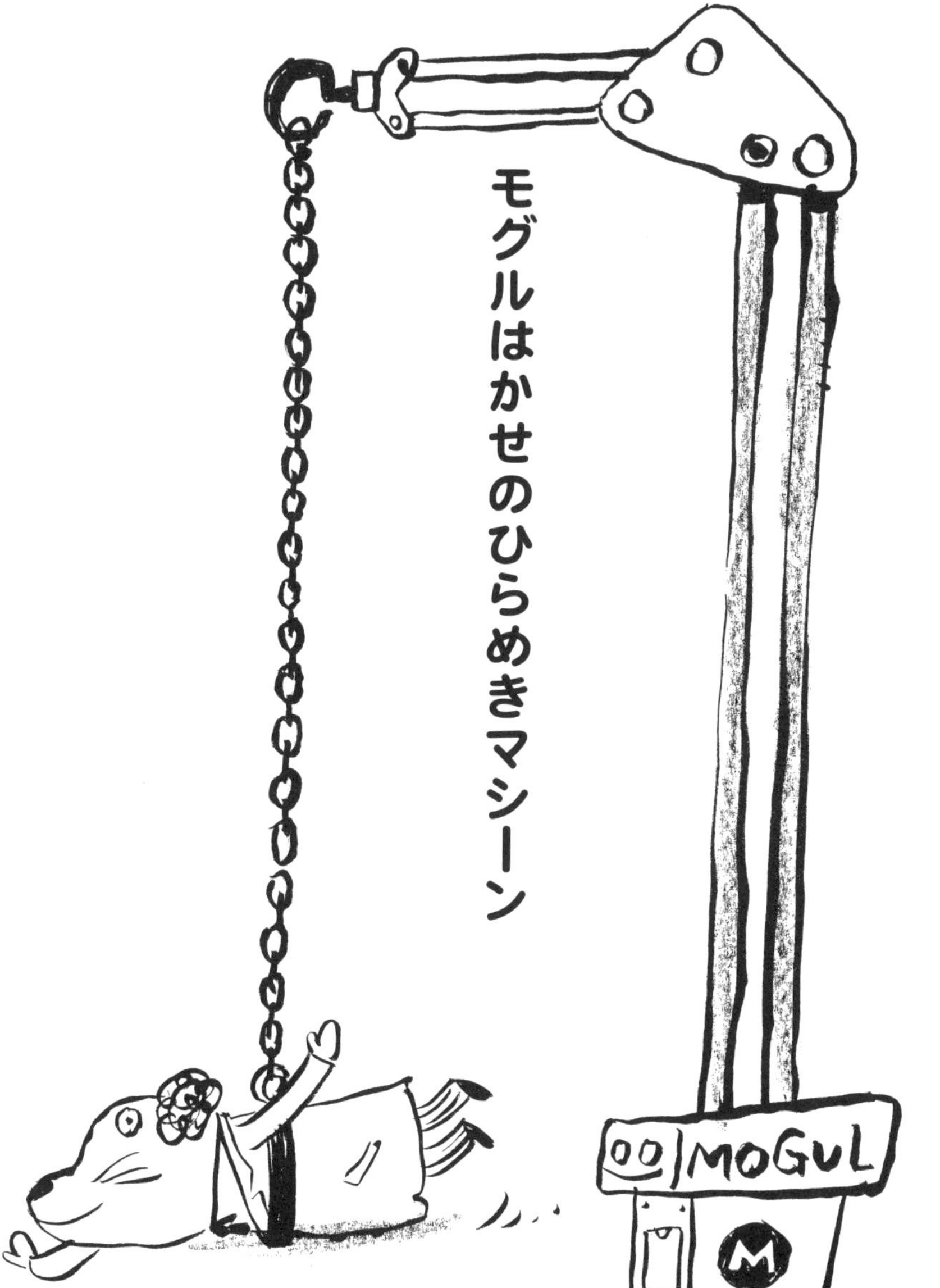

もぐらのモグルは、はつめいかだ。

だけど、一年《いちねん》に一《いち》どひらかれるはつめい大会《たいかい》で、まだゆうしょうしたことがない。ゆうしょうしないと、はつめいひんがうれない。うれないと、お金《かね》が入《はい》らない。

だから、おくさんが、こんなぐちをいうのも、むりはないって。

「だいたいね、あなたのおとうさんもおじいさんも、そのまたおじいさんも、みーんな、ちかてつこうじのしごとでえらくなったんでしょ。あなたも、はつめいかなんかより、よっぽどそっちのほうがむいてるんじゃないの〜。ぶつぶつぶつぶつのぶつ。」

ふつうなら、ここで気分《きぶん》がめいっちゃうところだけど、モグルはかせは、ぜんぜんへっちゃら。それには、わけがある。

「あ、今日《きょう》の天気《てんき》は、雨《あめ》かしらん。」

なあんて、とぼけると、まず、自分《じぶん》のけんきゅうしつにむかう。

つぎに、今《いま》までのはつめいのなかから、しゃべるマイコンかがみ、名《な》づけて〈サスガーター〉のスイッチを入《い》れる……。

しゃべるマイコンかがみ サスガーター

かがみにすがたをうつすと、マイコンが、いすにすわったひとのきもちをぶんせきして、元気《げんき》づけてくれるきかい。

☆きもちがおちこんだ時《とき》、ここにすわりましょう。いすにすわると、きもちがサスガーターにつたわります。
スピーカー
←かがみ
スイッチ
じんこうずのう→

「ガガガ……。わあ、さっすがあ。
今日《きょう》もまた、いちだんとハンサムね。
あら、その小《ちい》さな目《め》がりこうそうですわあ～。
おひげもりっぱよ。
まあ、頭《あたま》のよさそうなはなの頭《あたま》ですこと。
ほーんと、てんさいって、こういうひとのことをいうのね。
さすがねえ。さすがだわあ。さーすガガガ……。」

ほーら、もう、はかせの気分《きぶん》は、ばら色《いろ》。

思《おも》わず、うたなんてうたいだしちゃう。

♪ ぼくは　てんさい　タリラリラン
だあれも　いわなくたって　ほんとうさ
てんさいの　ぼくが　いうんだからねー　♪

その時《とき》、とつぜん、おくさんが、

「あなた、今朝《けさ》の新聞《しんぶん》見《み》たあ。」

と、とびこんできた。

「みんな、あなたのともだちなのに、すごいわねー。あら、どうしたの。そんな顔《かお》して。小《ちい》さい目《め》で、しょぼくれたひげしちゃってさ。あらやだ、もともとだったっけ。」

外国《がいこく》のべっそうでバカンスを楽《たの》しむ
うさぎはかせ一家《いっか》。
「やっぱり、その、
年《ねん》に一回《いっかい》ここにきて、
ゆっくりしなきゃ。
その、ひとつの、
グッドアイディアですか、
それは、
ひらめきません
ですよね。
ハイ、
ハハハハハ。」

三《さん》おく円《えん》のごうていをたてた
きつねはかせに聞《き》く。
「いいはつめいをすれば、
こんな家《いえ》、ポケットマネーでかえますよ。
やすいかいものでした。」
ははは
ははは

「うん、まあ、そのやはり、今日《きょう》は雨《あめ》だな。」

なあんて、はかせがてんじょうを見《み》あげてるうちに、おくさんはもう、へやを出《で》ていってしまったよ。

「ま、うさぎくんもきつねくんもがんばってるわい。」

はかせはチラリと新聞《しんぶん》に目《め》をやると、おとしのはつめい大会《たいかい》を思《おも》い出《だ》した。

「おとしは、ぼくの出《だ》したサスガーターもひょうばんがよかったのになー。けっきょく、うさぎくんがゆうしょうしちゃったっけ。ま、てんさいってやつは、そうかんたんにみとめられないもんだからね。」

そう、はかせはつぶやいて、べつのきかいを引《ひ》っぱりだした。

むかしを思《おも》い出《だ》すきかい、〈アノトキ〉だ。

「おとしのはつめい大会《たいかい》の日《ひ》に合《あ》わせて、と。」

思《おも》いだし機《き》
アノトキ

ばしょと時間《じかん》をダイヤルで合《あ》わせると、
その時《とき》のことが、がめんにうつるきかい。

1・見《み》たいばしょに合《あ》わせる。
2・見《み》たい時間《じかん》に合《あ》わせる。
3・見《み》たい年《とし》、月《つき》、日《ひ》に合《あ》わせる。

「だい28回《かい》どうぶつはつめい大会《たいかい》の
ゆうしょうは、うさぎはかせの
『おつかいさん』にきまりましたあ！」

「やや、どうも。えー、
すなわちひとつの、
うれしいです、ハイ！」

で、その時《とき》、うさぎはかせがゆうしょうしたはつめいひんが、これ。

じどうかいもの機《き》 おつかいさん

かいたいものとかうお店《みせ》を
おなかのこくばんにかくと、
かってに出《で》かけて、
かいものをしてきてくれる。

☆そうさはかんたん。こくばんに、かいたいものとお店《みせ》を
　でんきチョークでかくだけ！
☆大《おお》きなものをかう時《とき》べんりな、「しょいカゴ」はべつうりです。
☆今《いま》なら、あなたの名前《なまえ》を入《い》れてあげます。

☆だい28回《かい》どうぶつはつめい大会《たいかい》ゆうしょうさくひん。
☆ぜんこくで、はつばいちゅう！
☆テレビコマーシャルでもおなじみ。『♪雨《あめ》の日《ひ》、風《かぜ》の日《ひ》、
　とくばい日《び》、おくさま楽《らく》らくおつかいさん』。
☆いどばたかいぎそうちつき「しゃべるおつかいさん」は、
　ちょっとお高《たか》くなります。

おかげで、今《いま》やお店《みせ》にならんでいるのは、〈おつかいさん〉ばかりだ。

ほらね。

「やさいが高《たか》くなったわねー。」

「あーら、小池《こいけ》さんちのおつかいさん、どちらまで。」

「うちは今日《きょう》おでんなの。ツミレ屋《や》さんにさつまあげをかいにいくところですのよー。オホホホ。」

「このかた、むくちね。」

「いどばたかいぎのそうちがついてないのよ。」

「アー、ころんじゃって、かってくるメモがきえちゃったわ。」

「コロッケみっつね。」

つづいて、〈おつかいさん〉のしまいひん、空《そら》とぶランドセルもうりだされたんだ。名《な》づけて〈お子《こ》さまらくらくテブランド〉。

あちこちのデパートでテブランドセールという大《おお》うりだしをやったも

のだから、もっていない子《こ》なんて、ひとりもいなくなっちゃった。
ほら、左《ひだり》のちらしを見《み》れば、きみもほしくなるだろう。

お子《こ》さまらくらくテブランドセール

テブランド

おもい教科書《きょうかしょ》を、学校《がっこう》と家《いえ》に、空《そら》をとんではこぶ。

☆もう、ランドセルでおもい教科書《きょうかしょ》をはこばなくてもだいじょうぶ！
お子《こ》さまは、毎日《まいにち》手《て》ぶらでランランうちに帰《かえ》れますよ。
☆「わすれものけいほうき」つき。
☆うわばき入《い》れをさげるフックつきは1000円高《えんたか》くなります。
☆今《いま》ならせんちゃく5000名《めい》さまに、テブランドしたじきをさしあげています。色《いろ》は赤《あか》、黒《くろ》、茶《ちゃ》、ピンクの4しゅるい。

さいきんじゃ、夕方《ゆうがた》になると、むれをなしてとんでゆくランドセルを見《み》て、おとなたちは、「ああ、もうこんな時間《じかん》か。」なんて思《おも》うようになったし、小《ちい》さいこどもたちは、「カバンがとぶからかーえろ。」なんてうたうようになったね。

こんなぐあいに、どんどんみんなが楽《らく》になっていくと、そのぶんだけ、うんどうぶそくになるにきまってる。だから、町《まち》じゅうは、太《ふと》りすぎだらけ。そこで、つぎの年《とし》のはつめい大会《たいかい》は、きつねはかせがゆうしょうしたわけだ。

「だい二十九回《にじゅうきゅうかい》どうぶつはつめい大会《たいかい》のゆうしょうは、きつねはかせにきまりましたあ〜。」

「いつも、ファンのみなさまの、グスッ、あたたかい、お、おうえんと、グスッ、ス、スタッフの方《かた》たちのおかげです。うう、うわーん。」

「はあーい、ゆうしょうをのがしたみなさん、来年《らいねん》はがんばりましょ。」

そのはつめいひんがなにかっていうと、うんどうさせるきかい、名《な》づけて〈ブルホエラー〉。さっそく、テレビでコマーシャルがはじまった。

ちょっと、見《み》てみよう。

「太《ふと》りすぎがちょっと気《き》になりだしたあなた、この〈ブルホエラー〉さえあれば、けんこうはあなたのもの。わたしたちも一《いっ》しゅうかん前《まえ》まで、こーんなに太《ふと》っていたのです。でも〈ブルホエラー〉のおかげで、こーんなにスマート。みなさんも、わたしたちのように、けんこうでプロポーションのいい体《からだ》になりませんか? 〈ブルホエラー〉は、ゆうめいデパート、でんきやさんではつばいちゅう。早《はや》く行《い》かなきゃなくなるよーん。」

このコマーシャルを見《み》れば、〈ブルホエラー〉がほしくなるのもむりはない。「〈ブルホエラー〉ください。」と、でんきやさんとデパートに、おつかいさんが、ずらーっとれつをつくった。さて、〈ブルホエラー〉

とはどんなものか、せつめいしょをよんでくれたまえ。

ブルホエラー せつめいしよ

☆1しゅうかんで、
スッキリポンと
やせられます！

☆ジョギングのおともに
おつれください。

☆タイマーで
なん分《ぷん》
走《はし》るか、
合《あ》わせます。

＜弱《じゃく》＞1しゅうかんに1～3キロやせたい時《とき》
かけ声《ごえ》をかけながらつきあってくれます。

＜中《ちゅう》＞1しゅうかんに4～9キロやせたい時《とき》
はながのびておしりをチクチクつつき
ます。これでスピードアップ。

＜強《きょう》＞1しゅうかんに10～20キロやせたい時《とき》
どうもうなブルドッグになり、
おいかけます。かみつかれないように
にげてください。グーンとやせますよ。

もちろん、うんどうぶそくなんて、あっというまになくなっちゃうよね。このあいだも、しょくじちゅうにまちがってスイッチをおしちゃったやつが、ちゃわんをもって走《はし》っていたし、時《とき》どきあいてをまちがえるから、そのたびに、町《まち》じゅうは大《おお》さわぎだ。

「やれやれ、おかげで、さいきんじゃ、うっかり外《そと》も歩《ある》けなくなっちまったよ。それにくらべて、ぼくのさくひんは、なかなかのもんだったね、うん。」

モグルはかせは、イチゴミルクジュースをすすりながら、きょねんのはつめい大会《たいかい》で自分《じぶん》がはっぴょうしたばめんに、ダイヤルを合《あ》わせた。

「では、三十八番《さんじゅうはちばん》めのモグルさん、どうぞー。」

「これはまほうのそうじきで、名《な》づけて〈なるほどくん〉といいます。」

「いやあ、どんなきかいでしょうねえ。」

「それではまず、そのスイッチをあなたにおしてもらいたいのですが。」

「はいはい、おやすいごようですねー。」

「ピピピ、あなたはほうきとチリトリを、こうしてつかいますか？」

「まさかぁ。それじゃ、ぎゃくですね。」

カパカパ
「パッパッパッて、ごみをあつめますね。」

「なるほど。」

「ふんふん、なるほど。うまいもんですな。では、すみっこなんかはどうします、ピピッ？」

「すみっこのごみはですねえ、こうするんですね。」

「ううむ、なーるほど。たいしたものだ、ピッ。」

「あのねーえ、そうじきはあんたのほうでしょ。さあ、早《はや》くはじめてくださいなあ。」

「はい、そうじは、たった今《いま》おわりました。まわりをごらんください。ビビビ。」

「アリリ、ほんとだ。まわりが、いつのまにかきれいになっている。いやあ、モグルさん、これはたいしたきかいですねえ。」

「はい、くしんしました。」

「では、しんさいんの先生方《せんせいがた》のかんそうは？」

「クックックッ、ああ、おもしろかった。だけど、これをつかうものがこのしかいしゃのようにばかじゃないと、やくにたちませんなあ。」

「でも、こどもにおそうじを教《おし》えるのにどうかしら？」

「ふん、今《いま》どき、こどもだってほうきなどつかわんよ。ハッハッハッ。」

「ま、しかいしゃがつかれただけでしょうなあ。」

「では、点数《てんすう》のほうを見《み》てみましょうね～。スイッチ、オン！　六十点《ろくじってん》で止《と》まりました。ざんねんでした。しっかくですね～。また、来年《らいねん》お会《あ》いしま……プツン。」

そこまで見《み》て、モグルはかせは、思《おも》わず〈アノトキ〉のスイッチを切《き》った。なんだかきゅうに、はかせは元気《げんき》がなくなった。頭《あたま》のなかでは、いろんな声《こえ》がささやきだした。

「やっぱり、ちかてつこうじね。」

「ふん！　やくにたちませんなあ。」

「おとうさんは、どうしてゆうしょうしないの？」

「ざんねんでした。しっかくですね。」

モグルはかせは大《おお》きなためいきをつくと、そっとつぶやいたよ。

「ぼくは、ほんとうに、こんなはつめいばかりつづけていて、いいんだろうか？」

はかせは、へやのすみにおいてある、まだだれにも見《み》せたことのないはつめいひんを引《ひ》っぱりだしてきた。それは、あいての話《はなし》にコンピュー

ターがはんのうして、へんじをする
じどう話《はな》しあいき、名《な》づけて、〈アイヅチ〉。
はかせは、スイッチを入《い》れると、
〈アイヅチ〉にむかって話《はな》しはじめた。
「ぼくは、はつめいかにむいてないんだね。」
「ふうん、どうして？　ピッ。」
「だって、うれないもの。」
「ふんふん、なるほど。ピッ。」
「それにさ、ほんとはさ、ちかてつこうじの
しごとだって、きらいじゃないしさ。」
「へえー、そうだったの。ピッ。」
「だからさ、もう、はつめい大会《たいかい》に出《だ》すの、
やめようかと思《おも》ったりして……。」

「うん。わたしも、そう思《おも》うよ。ピッ。」

その時《とき》、はかせはふと、おかしなことに気《き》がついた。だれにも見《み》せていないはずのこの〈アイヅチ〉を、だれかがつかったあとがあるのだ。

(いったいだれが？　どうして？　そうだ、きかいにのこっているきろくを聞《き》いてみよう。)

はかせがきかいをそうさすると……。

なんと、聞《き》こえてきたのは、おくさんの声《こえ》じゃないか。

「あたしねえ、いつもはもんくばっかりいってるけどさあ、やっぱりあのひとはてんさいだと思《おも》うのよ。」

「ふうん、どうして。ピッ。」

「だってさあ、あのひとのはつめいって、楽《たの》しいきもちになるものばかりだもの。」

「ふんふん、なるほど。ピッ。」

「それに、けっこう、ほしがってるひとも多《おお》いのよ。」

「へえー、そうだったの。ピッ。」

「だから、今年《ことし》こそがんばってもらいたいのよねー。」

「うん、わたしもそう思《おも》うよ。ピッ。」

つづいて、むすこのモグレの声《こえ》も入《はい》っていたよ。

「今日《きょう》さ、頭《あたま》にきちゃったよ。」

「ふうん、どうして？　ピッ。」

「だって、クラスのやつが、『おまえのとうさん、はつめいかだなんて、おれたちちっとも知《し》らなかったよ。』っていうんだ。」

「ふんふん、なるほど。ピッ。」

「『だって、一《いち》ども、ゆうしょうしたことがないからさ。』なんていうんだぜ。」

「へえー、そうだったの。ピッ。」

「だからさ、ぼく、今年《ことし》はぜったいにゆうしょうするから見《み》てろよって、いってやったんだ。ねえ、だいじょうぶだよね。」

「うん、わたしもそう思《おも》うよ。ピッ。」

きろくを聞《き》きおわったはかせは、しばらく、目《め》をつむっていたよ。

そして、しずかにつぶやいた。

「もう一《いち》どだけやってみるか。」

さあて、それからがたいへんだ。なにしろ、はつめい大会《たいかい》まで、あと一《いっ》しゅうかんしかない。これといったアイディアもない。お金《かね》もない。

「よし、さんぽでもして、考《かんが》えよう。」

夕《ゆう》ぐれの町《まち》では、あいかわらず、〈おつかいさん〉と〈テブランド〉と〈ブルホエラー〉が、かつやくしていた。

「はてさて、いったい、どんなはつめいがひつようなんだろう？　うーん、こまったなあ。あっ、そうか、これさえあれば!!」

はかせは、ポンと手《て》をうつと、けんきゅうしつにとんでかえった。

それいらい、けんきゅうしつの明《あ》かりはきえたことがなかったね。

そうして、いよいよはつめい大会《たいかい》の日《ひ》がやってきた。

会場《かいじょう》には、けんぶつきゃくがあふれんばかりにおしよせ、テレビちゅうけいもはじまっている。なにしろ、はつめい大会《たいかい》の人気《にんき》は、毎年《まいとし》うなぎのぼり。しんさいんたちも、今《いま》じゃ、みんなゆうめいじん。

そんなねっきのなか、大会《たいかい》はどんどんすすみ、あとふたりをのこすだけになった。

「五十九番《ごじゅうきゅうばん》、たぬきさん、どうぞ。」

「みなさん、道《みち》を歩《ある》いていて、ふと、こわいって思《おも》ったことはありませんか？」

「ふむむ、たしかに、あの〈ブルホエラー〉が、いつおいかけてくるかと思《おも》うと、こわいですからね〜〜。」

「そう、そんな時《とき》、このあんぜんいどうき、名《な》づけて〈オツマミー〉が、ほら、こうしてつまみあげて、あんぜんに、二百《にひゃく》メートル走《はし》ってくれるんです。」

「いいなあ〜。」

「おお、そりゃすばらしい。」

「今年《ことし》のゆうしょうは、これですかな。」

そして、いよいよさいごに、モグルはかせの番《ばん》がやってきた。

「では、六十番《ろくじゅうばん》のモグルさん、どうぞ。」

しかいしゃの声《こえ》にモグルはかせは、大《おお》きなきかいを引《ひ》きずって、ステージにあらわれた。

「えー、これは、わたしたちにかわって、なんでもはつめいしてくれるじどうはつめいき、名《な》づけて〈ひらめきマシーン〉です。」

モグルはかせのことばを聞《き》いて、会場《かいじょう》じゅうが、どよめいたよ。

「では、スイッチを入《い》れてみます。」

モグルはかせがそういって、ボタンをおすと……。

パピッ、ピプッ、ペポッ

みちあんないき
ちずちゃん
ひだり

行《い》きたいばしょを
いうと、
まがり道《みち》の
たびに、
右左《みぎひだり》を
教《おし》えてくれる。

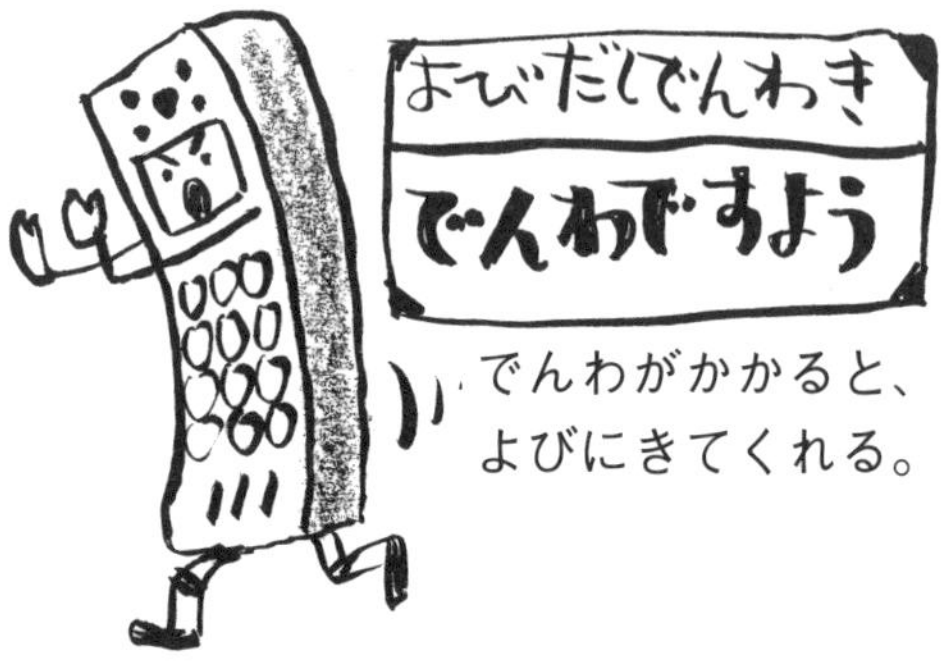
よびだしでんわき
でんわですよう

でんわがかかると、
よびにきてくれる。

けんかちゅうさいき
マアマア

なかなおりさせようとしてくれる。

あんぜんたばこ
キエルドセブン
すてると、しぜんに火《ひ》がきえるたばこ。
SEVEN
さぎしようおしゃべりき
ウソツキ
口《くち》べたなさぎしにおすすめします。
どろぼうよう
きけんしんごうき
サツダ
おまわりさんがくると、知《し》らせてくれる。

ひらめきマシーンは、つぎつぎはつめいひんを出《だ》しつづけ、ステージの上《うえ》に、大《おお》きなきかいの山《やま》ができちゃった。

「ふうー、こ、これはすごい。」

「いや、まったく。しんじられん。」

「もう、ゆうしょうは、〈ひらめきマシーン〉にけっていだあ！」

「おとうさーん。」「あなたー。」

「いや、なに、ちょっと本気《ほんき》出《だ》しちゃって。ハハハハハハハ。」

「ぼくのおとうさんだよ。イエーイ。」

「ぼくはてんさい、タリラリラーン。」

その時《とき》、ひとりのしんさいんがつぶやいたよ。

「まてよ、こんなものができちゃったら……。はつめいかも、わしら、しんさいんもひつようないんじゃないかい？」と。

シチューはさめたけど…

おかの上《うえ》の小《ちい》さな家《いえ》で、くまと
うさぎが、なかよくくらしていました。
それは、ずっと前《まえ》からでした。
ある日《ひ》、くまが本《ほん》をよんでいると、
「本《ほん》なんかよんでないで、
早《はや》く夕《ゆう》ごはんを作《つく》ってよね。」
うさぎにそういわれて、
くまはムカッとしました。
「まったくうるさいやつだ。
早《はや》く食《た》べたいなら、少《すこ》しは
てつだえよな。時《とき》どき、
シチューがさめてるってもんくをいうけど、
おれは、あついのがにがてなんだから。」

くまは、うさぎのすることが、みんな気《き》にいらなく思《おも》えてきました。

「やれやれ、やっとつづきがよめるぞ。」

夜《よる》、ベッドに入《はい》ったくまが、本《ほん》をひらくと……。

「ぼく、明《あか》るいとねられないんだよね。」

パチッ！

うさぎにでんきをけされて、くまは、くらやみをにらみつけました。

(なんで、こんなやつといっしょにいなくちゃいけないんだ。こいつがいなかったら、どんなにいいだろう。こう茶《ちゃ》をのみながら、ゆっくりと本《ほん》をよみ、しずかな時間《じかん》をすごせるんだ……。)

明《あ》くる日《ひ》、くまは、こういいました。

「おまえといると、本《ほん》もよめないよ。」

ところが、うさぎは、へいきな顔《かお》でこうこたえたのです。

「ふん、そんなにいやなら、出《で》ていってやるよ。」

くまは思《おも》わず、うさぎにどなっていました。

「じゃあ、さっさと出《で》ていけよ。」

すると、うさぎは、

「ああ、いいとも。前《まえ》からチロチロ森《もり》でくらしてみたかったのさ。」

あっさりと、くまにそういいのこすと、さっさと家《いえ》を出《で》ていってしまったのです。

「ふん。これでおちついて本《ほん》がよめるさ。」

くまは、ゆっくりとシチューをにこみながら、本《ほん》をひらきました。

でも、おもしろいはずの本《ほん》が、ちっともおもしろくありません。

ふと、まどを見《み》ると、ポツポツと雨《あめ》がふりだしてきました。

「あ、あいつ、かさをもっていかなかったっけ。しょうがないな。」

くまは、かさをもつと、外《そと》にとびだしました。

「なあに、すぐおいつくさ。」

ところが、とちゅうで、ねずみのけっこんしきに出《で》くわしたのです。

「おめでとう！」

「おしあわせに！」

道《みち》いっぱいに、ねずみたちがあふれています。

「おわるのをまっていたら、日《ひ》がくれちまう。」

くまは、えいっ！と、ねずみたちをとびこしました。

「やれやれ、とちゅうのガラガラとうげのあたりで、おいつくだろう。」

くまは、そうつぶやいて、はっとしました。

「そうだ！　ガラガラとうげは、オオカミやヘビやハゲタカなんかが出《で》るところだぞ。とくに、夕《ゆう》ぐれ時《どき》が一番《いちばん》あぶないんだ。」

空《そら》を見《み》ると、もう、うすぐらくなってきています。

くまは、ぞっとして、かさをほうりだすと、思《おも》わず走《はし》りだしました。

ところが道《みち》のとちゅうで、ギザギザ山《やま》のくまが立《た》ちはだかったのです。

「おい、今日《きょう》こそ、どっちが強《つよ》いか、しょうぶをつけようぜ。」

「今《いま》、いそいでいるんだ。」

「ほう、そういって、にげる気《き》だな。」

ギザギザ山《やま》のくまが、とおせんぼをして、前《まえ》にすすめません。

「ええい！　今《いま》それどころじゃないんだ。」

ギザギザ山《やま》のくまをなげとばすと、くまは、ガラガラとうげにむかって、力《ちから》いっぱい走《はし》りつづけました。

するとこんどは、がけがくずれていて、通《とお》れません。

「これじゃ朝《あさ》までかかりそうだ。

ああ、あいつに、なにかあったら……。」

あたりは、どんどんくらくなってきています。

「おれにやらせてくれ。」

くまは、土《つち》をよけていたぶたたちから二本《にほん》のスコップをうけとり、がむしゃらにふりまわすと、ずんずん土《つち》をどけていき、また走《はし》りだしました。

やっとガラガラとうげが、見《み》えてきました。

とうげの上《うえ》を、二羽《にわ》のハゲタカがとびまわっています。

「まさか……、あいつ。」

くまの心《しん》ぞうは、はりさけそうです。

どうにか、とうげにたどりついてあたりを見《み》まわすと、うさぎのくつのかたほうが、ポツンとおちていました。

「ああ、もうだめか。」

くまの頭《あたま》に、うさぎのいろんな顔《かお》がうかんできました。ピクニックにいった時《とき》の楽《たの》しそうな顔《かお》。くまがびょうきになった時《とき》のしんぱいそうな顔《かお》。大《だい》すきなシチューを食《た》べる時《とき》のうれしそうな顔《かお》。

「あいつ、りょうりはてつだわないけど、あとかたづけは、きちんとしてくれたっけ。今夜《こんや》のシチューは、あいつのすきな、きのこのシチューだったのに……。」

「なにしてるの？」

ふと、うしろで声《こえ》がします。

ふりむくと、なんと、うさぎが立《た》っているではありませんか。

「おまえ……。」

「雨《あめ》だから、そこのほらあなでねてたんだ。」

その時《とき》、くまは思《おも》わず大声《おおごえ》で、こうどなったのです。

「なにやってんだ。シチューがさめちゃうぞ。きょ、今日《きょう》は、きのこのシチューなんだからな。」

「べつに、さめたっていいよ。あんたのシチューなら……。ぼく、大《だい》すきだから……。」

うさぎがそっぽをむいて、そうこたえました。

おかの上《うえ》の小《ちい》さな家《いえ》で、くまとうさぎがなかよくくらしています。
時《とき》どき、けんかをしながらも、ずっと、ずっと……。

すごいよ　ねずみくん

きのうまでふりつづいた雨《あめ》があがって、今日《きょう》は、うそのようないい天《てん》気《き》。

ねずみくんは、みんなとピクニックにお出《で》かけです。

でも、ねずみくんは、

(ボクってダメなやつだから。)

いつもそう思《おも》っていました。今日《きょう》も、

「わあ、きれい。」

って、青《あお》い空《そら》をながめていたら、みんなにおいていかれてしまいました。

ひっしにおいかけておいかけて、やっとおいついたけど、だれもねずみくんがいなくなったことすら、気《き》がついていませんでした。

ねずみくんは、

(ボクって、グズだからダメなんだよね。)

と、思《おも》いました。

とちゅうでひと休《やす》みした時《とき》、
くまくんが
「いちごをいっぱいもってきたぞー。」
といって、みんなに
わけてくれました。
　でも、
「ボクも。」
といったのに、ねずみくんだけ、
わけてもらえませんでした。
　この時《とき》も、
（ボク、声《こえ》が小《ちい》さいから、
ダメなんだよね。）
と、思《おも》いました。

川原《かわら》について、みんなでごはんを作《つく》ることになりました。

ねずみくんは、サルくんときつねさんといっしょにまきひろい。

山《やま》の中《なか》でまきをひろっていると、
たくさんのまきをかかえたサルくんがきて、

「なんだ。おまえ、それっぽちかよ。」

とわらわれてしまいました。この時《とき》も、

（ボクって体《からだ》が小《ちい》さいから、ダメなんだよね。）

と、思《おも》いました。

がんばって、大《おお》きなえだをいくつもひろったら、ねずみくんは、あっちにヨロヨロ、こっちにフラフラ。

とうとう、きつねさんにぶつかって、

「いたいじゃない。どこ見《み》てんのよ。」

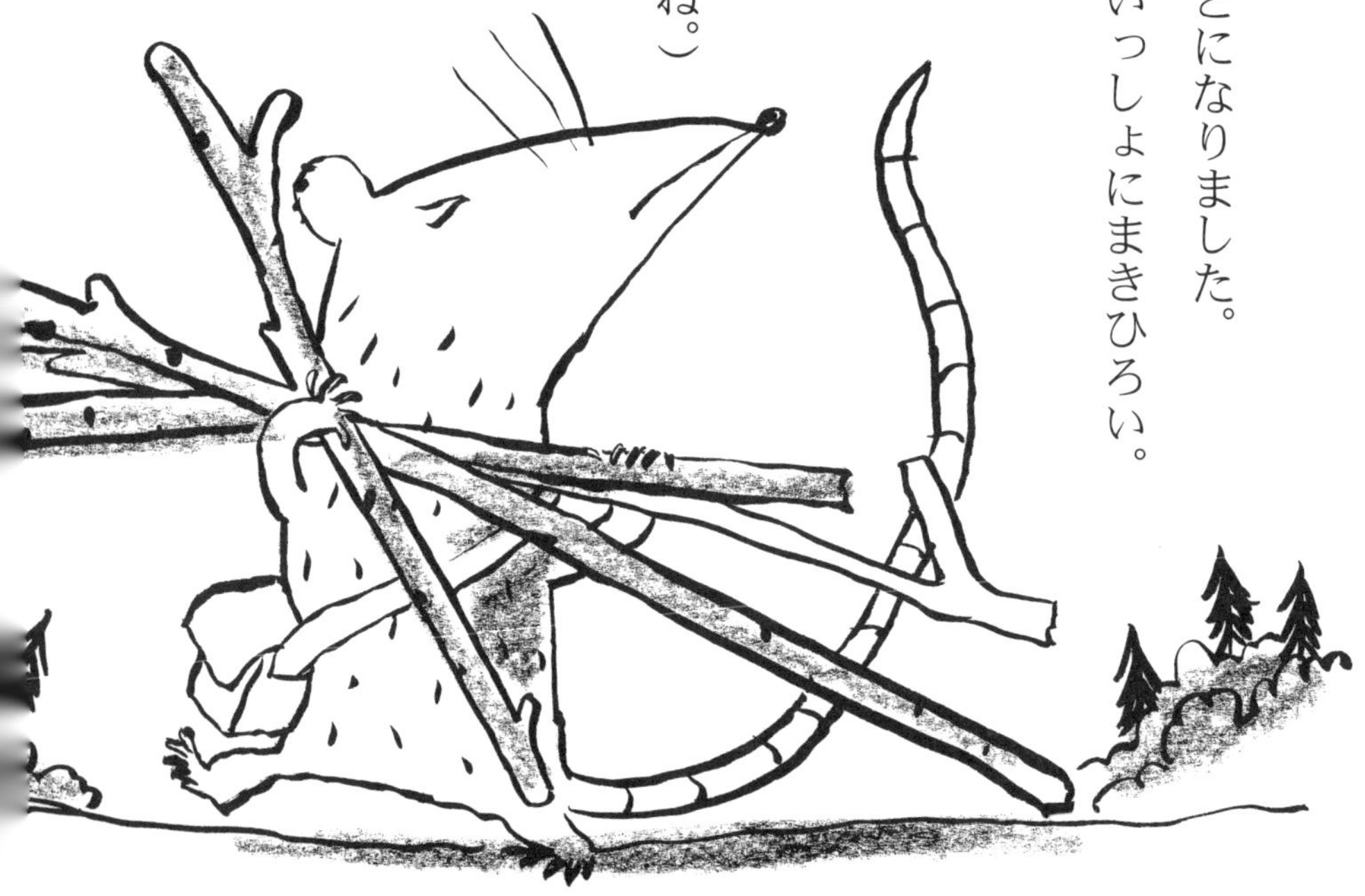

と、おこられてしまいました。この時《とき》も、ねずみくんは、
(ボクって、ドジだからダメなんだよね。)
と思《おも》いました。と、その時《とき》です。
ビビビビビ……
かすかに、じめんがふるえたような気《き》がして、
なんだかいやなよかんがしました。
「ねえ、サルくん。ボク、こわいから、
どうくつに入《はい》りたい。」
ねずみくんは、
(ボクって、おくびょうだからダメなんだよね。)
そう思《おも》いながら、どうくつにとびこみました。
「おいおい、なにいってんだ。」
「ねえ、さぼる気《き》ー?」

サルくんときつねさんがおこって、おいかけてきた時《とき》、

ドドドドドドドド――――!!

いきなり、がけがくずれてきたのです。

「うわっ。」

「ひゃあ。」

「きゃっ。」

二《に》ひきも、ギリギリのところで、どうくつにとびこみました。

「ふう、たすかったあ……。」

と、ほっとしましたが、出口《でぐち》が土《つち》と石《いし》でふさがれてしまいました。

どうやら、きのうまでの雨《あめ》で、たっぷり水《みず》をふくんだ土《つち》がおもくなって、すべりおちたようです。

いくらおしても、ふさいだ土《つち》は、びくともしません。

「ああん、どうしよう。」

どうくつの中《なか》は、まっくらです。
でも、ねずみくんは、ひっしで
あなをほっていました。
すると、石《いし》がポロッととれて、
小《ちい》さなあながあきました。
かすかに光《ひかり》がさしこんできます。
どうやら、ねずみくんだけなら、
通《とお》れそうです。
その光《ひかり》にうかびあがったふたりの
顔《かお》を見《み》て、ねずみくんは、びっくり。
いつもは、あんなにじしん
たっぷりのふたりが、すごく
なさけない顔《かお》になっていたからです。

「ボク、このあなから出《で》て、たすけをよんでくるよ。」

「おお。たのんだぞ。」

「おねがいね。」

ねずみくんは、そうっとあなを通《とお》りぬけると、力《ちから》いっぱいじめんをけって、走《はし》りだしました。

「ボクががんばって、ふたりをたすけるぞ。」

川原《かわら》につくと、みんなは、ごはんのじゅんびをしています。

ねずみくんは、いそいでくまくんに、

「ねえねえ、くまくん、たいへんなんだ。」

と大声《おおごえ》でさけびました。でも、

「ボク、今《いま》、やさいを切《き》るのにいそがしいんだよ。」

といって、あいてにしてくれません。

こんどは、ウサギさんとイタチくんに、

「あのね、がけがくずれたんだ。」

といいましたが、ふたりは、

「あらそう、これがおわったら、ゆっくり聞《き》くね。」

そういって、しょっきをあらいに、川《かわ》に行《い》ってしまいました。

それでも、ねずみくんは、どうしても
みんなをつれていかなくてはなりません。

「よーし、こうなったら……。」

ねずみくんは、力《ちから》まかせに、タヌキくんと
イノシシさんのしっぽをつかんで、

「えーい！」

と、引《ひ》っぱっていこうとしました。

「いてててて。」

「なにすんのよ。」

びゅん！

ねずみくんは、はんたいに、はねとばされて、ゴロゴロゴロ。

草《くさ》の上《うえ》までころがって、あおむけになりました。

「ちぇっ。だれもボクの話《はなし》なんて聞《き》いてもくれない。どうせボクはダメねずみだからね。あーあ、あのふたりのことなんてもうどうでもいいや。」

ねずみくんは、これいじょうがんばるのが、いやになってきました。

見《み》あげると、空《そら》は青《あお》く、どこまでも広《ひろ》がっています。

その空《そら》に、きつねさんとサルくんのなさけない顔《かお》がうかんできました。

その顔《かお》を見《み》ていたら、いてもたってもいられません。

「こうなったら、ボクひとりでもやるしかないよ。」

ねずみくんは、シャベルをつかむと走《はし》りだしました。

どうくつにつくと、ガシガシと土《つち》をほりはじめます。

でも、ねずみくんがいくらほったところで、ほんの少《すこ》ししか土《つち》がどけられません。
　それでもあきらめずに
ほりつづけると、いつのまにか、
ねずみくんの手《て》はキズだらけに
なっていました。
　だんだん、力《ちから》も
入《はい》らなくなってきます。
「ああ、やっぱりダメだあ〜。
ボクってホントに……。」
と、がっくりと
うなだれていると……。
　とつぜん、うしろから
みんながやってきました。

みんなは、手《て》にシャベルやバケツをもっていて、どんどん土《つち》をどけていきます。

さすがくまくんです。大《おお》きなシャベルで力《ちから》いっぱいあなをほります。

イノシシさんは、りょう手《て》でもったシャベルを、ものすごいはやさでうごかしてほりすすめます。

ウサギさんとタヌキくんとイタチくんは、ほった土《つち》をバケツに入《い》れて、どんどんうしろにはこびます。

「みんな、すごいなあ。」

ねずみくんは、みんなのはたらきぶりに、しばらくぼんやりと見《み》とれていました。

そして、つくづく自分《じぶん》がなさけなくなりました。

「ボクって、グズでドジで声《こえ》が小《ちい》さくて、体《からだ》も小《ちい》さくて、ともだちをたすけることもできない、ホントにダメなやつ……。」

ねずみくんは、ぎゅっと目《め》をつぶりました。その時《とき》です。
「ダメじゃないよ。」
うしろで、だれかの声《こえ》がしました。
「え？」
ふりむくと、きつねさんと
サルくんが立《た》っていました。
「よかった。たすかったんだね。」
「うん、ねずみくんのおかげよ。」
「あれから、ボクたち思《おも》ったんだけど、
ねずみくんはせがひくいから、
じめんのようすがよくわかるし……。」
「そう、小《ちい》さいから、
あなも通《とお》れたのよね。」

「だから、ねずみくんはぜんぜんダメじゃないよ。

ありがとう、ねずみくん。」

そしてみんなも、口《くち》ぐちにこういいます。

「そうだよ。ねずみくんが、さっきあんまりひっしだったから……。」

「わたしたちも気《き》になって、ここにきたのよ。」

「がんばったね。」

「すごいよ、ねずみくん。」

ねずみくんは、頭《あたま》のなかがぼうっとしました。

さあ、青《あお》い空《そら》の下《した》、いよいよまちにまったごはんです。

みんなは、おなかがペコペコ。

「いただきまーす。」

みんなの声《こえ》にまじって、ねずみくんの元気《げんき》な声《こえ》も、
ちゃんと聞《き》こえてきましたよ。

コロコロちゃんはおいしそう

ある日《ひ》、森《もり》に、おいしそうなうさぎがやってきたよ。
名前《なまえ》は、「コロコロ」っていうんだ。
それはもう、やわらかくって、
にくづきのいい、森《もり》のだれかさんが見《み》たら、
よだれの出《で》そうなうさぎだったね。
でも、そんなことはおかまいなし。
口《くち》ぶえふいてずんずんやってくる。
それもそのはず。このうさぎ、
町《まち》でそだったものだから、森《もり》のこわさなんて、
これっぽっちもわかっちゃいない。
ふと、ごみばこから、
森《もり》のしゃしんを見《み》つけただけで、
「こいつは、すてきだ。なんだか

なつかしいにおいがするぞ。もう、じっとなんてしてられないや。」
そういったかと思《おも》うと、おき手紙《てがみ》をのこして、森《もり》にむかってとびだしちゃったっていうんだから、気楽《きらく》なものさ。
ところが、こんなおき手紙《てがみ》を見《み》た、かいぬしのなおちゃんは、びっくりぎょうてん。

―なおちゃんへ
ちょっと森《もり》へあそびにいってきます。
コロコロより―

「まあたいへん。コロコロちゃんったら。森《もり》にはうさぎを食《た》べるおそろしいどうぶつが、いっぱいいるっていうじゃないの。まったくなんにも知《し》らないんだから。パパたちにたのんで早《はや》く見《み》つけてもらわなくっちゃ。」

あわてて、パパたちのところへ知《し》らせにいったよ。

でも、森《もり》のなかは広《ひろ》いんだもの。見《み》つかるかしらね。

「森《もり》のなかって、ほんとうにすてきだ。」

わかばのにおいをむねいっぱいすいこむと、コロコロは、ずんずん歩《ある》いていったよ。

それを、さっきからじーっと見《み》ているひとつのかげがあった。

おそろしいきばとつめをもった、ヒョウだ。

ヒョウは、口《くち》のまわりをペロリとなめて、つぶやいたよ。

「ああ、なんてうまそうなうさぎなんだ。まるで、おれさまのごちそうになるために生《う》まれてきたみたいだ。」

そして、ズルッとよだれをながした。

「まてよ。こんなチャンスは、めったにありゃしない。あんないいごちそうをものにするには、ちょっとばかり頭《あたま》をつかわなくっちゃいけないのだ。」
そういって、ヒョウは、うでをくんだ。
「うっかり、あなにでもかくれられたら
おしまいだ。ま、こんな時《とき》には、まず、
おれさまのすごさをよおく見《み》せつけて
おいて、びっくりしたところを、
ゆっくりりりょうりするのが一番《いちばん》さ。」
ヒョウは、まんぞくそうにうなずいて、
「このおれの、森一番《もりいちばん》の足《あし》のはやさを見《み》れば、
だれだっておどろくにきまってるさ。」
ムフッとわらうと、コロコロにむかって、
力《ちから》いっぱい走《はし》りはじめた。
ダダダダダダダダ――

たしかに、すごいスピードだ。あっというまに、コロコロのよこをすりぬけたかと思《おも》うと、もうずうっとむこうを走《はし》ってる。

ヒョウは、にやりとわらって、「すごいだろう」という顔《かお》でふりむいたよ。

ところが、コロコロを見《み》ると、あれ！　ちっともおどろいちゃいない。

ヒョウは、すこうしがっかりした。そこで思《おも》った。

（そうか、おれさまがあんまりはやいんで、見《み》えなかったのかな。）

もう一《いち》ど、ものすごいはやさでコロコロのところにもどると、

「おいっ、そこのうさぎ。今《いま》のおれさまのスピードを見《み》ておどろいたか？」

すると、コロコロは、けろっとした顔《かお》で、答《こた》えたよ。

「ううん。だってぼく、もっとはやく走《はし》るもの、知《し》ってるもん。」

「なに、このおれさまより、はやいやつがいるって。」

ヒョウのほうが、びっくりしちゃった。

「うん。それはね、四《し》かくがいっぱいつながっててね。長《なが》さは、ヘビよ

りずっと長《なが》いんだ。四《し》かくのひとつひとつは、ゾウより大《おお》きいんだ。まるい足《あし》がムカデみたいについていて、きみよりはやく走《はし》れるんだ。」

（な、なんだって？　おれよりはやくて、ゾウより大《おお》きな四《し》かくが、へビより長《なが》くつながって、まるい足《あし》だって。）

ヒョウは、いっしょうけんめい頭《あたま》にうかべてみた。

（こいつは、どう考《かんが》えたって、おそろしいかいぶつじゃないか。）

そう思《おも》うと、せすじがゾクッとして、
なんとなく、じしんがなくなってきた。

ヒョウは、きゅうに空《そら》を見《み》あげると、
「このぶんだと、明日《あした》ははれるかな。」
なんてかんけいないことをいって、
すごすごと引《ひ》きあげていったよ。

コロコロは、また、森《もり》のなかをずんずん歩《ある》きはじめた。

楽《たの》しくって、思《おも》わずうたいたくなる。

♪　すてきじゃないか　みどりのにおい
ゆかいじゃないか　風《かぜ》の色《いろ》
どこに行《い》こうってわけじゃない
ただ　この森《もり》を　歩《ある》きたいだけさ　♪

そんなコロコロを、木《き》の上《うえ》からじっと見《み》ているひとつのかげがあった。

するどいくちばしをもったワシだ。

「おお、なんてうまそうなごちそうだ。こういうごちそうにありつくには、頭《あたま》をつかわなくちゃいかん。まずわしのすごさを見《み》せつけておいて、びっくりしたところをつかまえればよいのだ。ウム。」

ワシは、まんぞくそうに、くちばしをぎゅっとむすんだ。

(わしのとぶすがたを見《み》たら、だれだってこしをぬかすさ。なんたって、わしは、空《そら》で一《いち》番《ばん》こわい鳥《とり》だからな。)

バフッとわらうと、思《おも》いっきり木《き》からとびあがった。

ブアサ　バサ　ブアサ

バサ　バサ……

大《おお》きくはばたいて、ワシは一回《いっかい》てんすると、こんどは、きゅうこうかだ。

たしかに、すさまじいとびかただ。

あっというまに、コロコロの頭《あたま》を、シュッとかすめてふりむいた。

ところが、コロコロを見《み》ると、あれ！ ちっともおどろいちゃいない。

ワシは、すこうしがっかりした。

「おい、そこのうさぎ。わしのとびかたはすごいだろう。」

すると、コロコロは、へいきな顔《かお》で、

「だって、ぼく、もっとすごいもの、知《し》ってるもん。」

と、けろっとして答《こた》えたよ。

「なに、このわしよりすごいって。」

ワシのほうが、びっくりしちゃった。

「うん。それはね、体《からだ》はまるいつつで、羽《はね》は、長四《ながし》かく。くちばしをぐるぐる回《まわ》してとぶんだ。きみよりなんばいも大《おお》きくて、はやくて、高《たか》くとべるんだよ。」

（ええ!! そいつは、どう考《かんが》えたって、おそろしいかいぶつじゃないか。）

そう思《おも》うと、せすじがゾーッとして、なんとなくじしんがなくなってきた。

ワシは、きゅうに空《そら》を見《み》あげると、

「このぶんだと、明日《あした》は、雨《あめ》かな。」

なんて、かんけいないことをいって、ボサボサととびたっていったよ。

コロコロは、またずんずん歩《ある》きはじめた。

いつのまにか、たいようが西《にし》にかたむいていた。

空《そら》は、きれいな夕《ゆう》やけだよ。

ふと、あたりを見《み》まわしてみる。すると、どうだろう。長《なが》いかげを引《ひ》いて、草《くさ》も木《き》も川《かわ》も、みんな金色《きんいろ》にかがやいているじゃないか。

コロコロは、目《め》をほそめて、うっとりとつぶやいた。

「ああ、ほんとうに、森《もり》にきてよかった。」

そう思《おも》ったとたん、おなかがグーッと鳴《な》ったよ。

そういえば、家《いえ》を出《で》てから、なにも食《た》べてない。

川《かわ》むこうを見《み》ると、まっ赤《か》にじゅくした野《の》いちごが見《み》えたじゃないか。

「そうだ。ばんごはんは、あのいちごにきめようっと。でも、どうやって、この川《かわ》をわたろうかな。」

なんて、コロコロが考《かんが》えてた時《とき》だ。

川《かわ》のなかから、コロコロをじっと見《み》ているひとつのかげがあった。

おそろしく大《おお》きな口《くち》のワニだ。

「なんとうまそうなごちそうだ。ああいうごちそうは、頭《あたま》をつかえば、かんたんさ。おいらのすごさをちょっと見《み》せて、おどかしゃいい。」

ワニは、グフッとわらうと、大木《たいぼく》のような体《からだ》をゆらりとおこして、およぎはじめた。

バシャン　バシャ　バシャ　バッシャーン
（おいらのおよぐすがたを見《み》たら、うさぎなんて、ふるえちゃうぜ。）

コロコロの足《あし》もとに、
バシャン、バシャ、バシャと
近《ちか》づいたよ。
ところが、うさぎは
気《き》がついてもくれない。
コロコロは、野《の》いちごのことで、
頭《あたま》がいっぱいなんだから。
ワニは、すごうくがっかりした。
そこで、ワニは、せいいっぱい
口《くち》を大《おお》きくあけて、さけんだ。
「おいっ。そこのうさぎ。おいらは、
大木《たいぼく》みたいにすごいだろう。」
するとコロコロは、へいきな顔《かお》で、

「だって、ぼく、もっとすごいもの知《し》ってるもん。」

と、けろっとして答《こた》えたよ。

「なに、このおいらより、すごいって。」

ワニのほうが、びっくりしちゃった。

「うん。それはね、山《やま》のようなにもつをはこべてね……。」

「ハハハ。なあんだ、おいらだってはこべるさ。たとえば、うさぎの百《ひゃっ》ぴきぐらい、朝《あさ》めし前《まえ》さ。ほら、のってみろよ。」

ワニは、ウフフとわらった。

(川《かわ》のまんなかにつれていけば、こっちのもんさ。おいらって、なんて頭《あたま》がいいんだろう。)

もちろん、コロコロは、大《おお》よろこび。

「じゃ、あの野《の》いちごのところまで、つれてってよ。」

ワニのせなかにぴょんととびのった。

ワニは、とくいまんめんだ。

「だから、いったろう。なんたって、水《みず》の上《うえ》じゃ、おいらが一番《いちばん》すごいのさ。」

「ううん。そいつはもっとすごいんだよ。きみのなんばいも大《おお》きくて、体《からだ》は三《さん》かく、顔《かお》は四《し》かく。つのはまるいつつで、けむりをはいて、およぐんだ。」

「な、なんだって。体《からだ》が三《さん》かく、顔《かお》は四《し》かく、つのからけむりだって。」

ワニは、そいつを頭《あたま》にうかべてみた。

(そいつは、どう考《かんが》えたって、きみのわるいかいぶつじゃないか。)

ワニはぞっとして、なんとなく、力《ちから》がぬけてきた。

やっとのことで、うさぎを、むこうぎしまではこぶと、

「明日《あした》は、くもりかなあ。」

なんて、かんけいないことをいいながら、ボチョボチョと引《ひ》きかえし

ていっちゃった。

野《の》いちごのおいしかったことといったら。ココロが、むちゅうでほおばると、あまずっぱいかおりが、口《くち》いっぱいに広《ひろ》がった。

ココロは、たらふく食《た》べると、キラキラした星《ほし》だらけの空《そら》におやすみなさいをいって、ふかふかの草《くさ》のベッドで、きもちよくねむったよ。

でも、こわいだれかさんたちは、ちっともねむれやしない。

ごちそうは食《た》べられないし、自分《じぶん》より、もっとすごいものがいるなんて、しゃくにさわる。

（ほんとうに、そんなかいぶつ、いるんだろうか。）

おちついて考《かんが》えてみると、やっぱりへんに思《おも》えてくる。

まんまるい足《あし》だって？　くちばしをぐるぐる回《まわ》すだって？　つのからけむりだって？　どう考《かんが》えたって、へんにきまってる。

そんなかいぶつ、いるわけないじゃないか。

その時《とき》、おなかがグーッとなった。
そうだ、これだけは、はっきりしてる。
あんな、うまそうなごちそうを、食《た》べなかったことだ。
朝《あさ》になった。
ヒョウもワシもワニも、それぞれ心《こころ》にちかって、出《で》かけたよ。
(もう、だまされないぞ。そんなかいぶつ、いるもんか。)
ってね。
草《くさ》のベッドは、ふわふわ、ふわ。コロコロは、ぐっすりすやすや。
今《いま》、そこにむかって、川《かわ》からは、大《おお》きな口《くち》のワニが、しげみからは、
おそろしいきばのヒョウが、空《そら》からは、するどいくちばしのワシが、
おなかをグーグー鳴《な》らして、やってくる。
コロコロは、なんにも知《し》らずに、すやすやすやすや。
もうごちそうは、目《め》の前《まえ》だ。

その時《とき》だ。どこからともなく、きみょうな音《おと》が聞《き》こえてきた。

ボーッ

ガタン　ゴトン

ブーン　ブーン

ワニは川《かわ》を、ヒョウは野原《のはら》を、ワシは空《そら》を、見《み》た。

「うわあ、かいぶつだあ!!」

コロコロは、さけび声《ごえ》に目《め》をさました。

見《み》ると、ひこうきがとんでる。

ひこうきのまどから、女《おんな》の子《こ》が手《て》をふっている。

「あっ、あれは、なおちゃんじゃないか。」
「コロコロちゃーん。」
（ぼくをよんでる。
さがしにきてくれたんだね。
そういえば、なおちゃんのパパは、
ひこうきのパイロットだもの。
川《かわ》には船《ふね》がやってきて、まどから
船長《せんちょう》のおじいちゃんが手《て》をふってる。
ぼくをさがしにきてくれたんだね。
野原《のはら》のむこうには汽車《きしゃ》がやってきて、
まどから運転手《うんてんしゅ》のおにいちゃんが手《て》を
ふっている。ついさいきん、この森《もり》のはずれにも、
レールがしかれたっていってたっけ。）

ひこうきにのると、なおちゃんがしんぱいそうにいった。

「森《もり》は、こわかったでしょう。」

「ううん。ちっとも。」

コロコロは、けろっとして、答《こた》えたよ。

ひこうきは、町《まち》にむかってとびたっていった。

もちろん、船《ふね》も汽車《きしゃ》も、大《おお》きな音《おと》をたてて、帰《かえ》っていったよ。

それを見《み》ていた、こわいだれかさんたちは、ふるえあがったもんさ。

「あいつ、かいぶつのともだちだったのか。」

ってね。

あれから、コロコロがどうしているかって？

もちろん、気《き》がむくと、森《もり》にあそびにいってるそうだ。

でも、もうだあれも、コロコロを食《た》べようなんて、思《おも》わなくなったってさ。

あめあがり

もういやだ。

もう頭《あたま》にきたぞ。

ぼくはいきおいよく町《まち》のなかに走《はし》りでた。夕《ゆう》ぐれの町《まち》に、どんよりとしたあま雲《ぐも》がのしかかっている。人間《にんげん》たちはみんないそぎ足《あし》。ぼくのことなんて、だれひとり気《き》にとめない。

ついさっきまでのできごとが、頭《あたま》のなかでぐるぐるまわる……。

大《だい》すきだったのに。ずーっとなかよしだと思《おも》ってたのに。

台所《だいどころ》からの大声《おおごえ》。どすどす聞《き》こえる足音《あしおと》。

ゆうくんとママが大《おお》げんか。ぼくのごはんも、さんぽも、わすれてる。

ぼくはずーっとがまんして、ずーっとゆうくんをしんぱいして、
ずーっとゆうくんのみかたをして、クウンクウンって鳴《な》いたのに……。

「うるさい、ジョン!!」

どなり声《ごえ》といっしょに、ガラス戸《ど》がいきおいよくあいた。

はずみでけとばされたえさ入《い》れが、ぼくの頭《あたま》にあたる。
「へん！　おまえがうるさいから、わるいんだい！」
こわい顔《かお》でゆうくんは、ガラス戸《ど》をピシャリとしめた。
あんなやつ、大《だい》きらいだ。
ぼくのことなんて、どうだっていいんだ。
もう、ぼくなんて、いらないんだ。
とつぜん、大《おお》つぶのあめがいきおいよくふりだした。
なみだとあまつぶがいっしょになって、
目《め》の前《まえ》がぐしょぐしょになる。
遠《とお》くで、カミナリがつづけて鳴《な》った。
あわただしくお店《みせ》のしなものをかたづける
人《ひと》、車《くるま》の水《みず》しぶき、おふどうさんのぬれた石《いし》だたみ。
みんな、なみだにゆがんで、通《とお》りすぎていく。

おふどうさん……。そうだ、あれはたしか、ま夏《なつ》のあつい日《ひ》だった。

あいつとここの池《いけ》にきたっけ。あいつはぼくをだきかかえると、

「そうら、行水《ぎょうずい》だぞ。」

そういって、いきなり池《いけ》になげこんだんだ。

水《みず》もつめたいし、足《あし》も立《た》たない。ひっしでおよぐぼくを見《み》て、

「ほうら、きもちいいだろう。」

そういってわらっている。

あいつはほんとにいじわるなんだ。

このあいだもそうだった。

「今日《きょう》はとくべつだ。ジョン、上《あ》がってこいよ。」

あいつがへやから手《て》まねきする。そして、くつしたにひもをつけると、

「そーら、ねずみだぞー。」

って、ぐるぐる回《まわ》すんだ。

ぼくはうれしくなって、へやじゅうをおいかけまわす。

ぼくたちのさわぎを聞《き》いて、ママがとんできた。

「あー、なにやってるの。カーペットがどろだらけじゃない。」

その時《とき》、あいつったらこういったんだ。

「こら、ジョン！　かってに家《いえ》に上《あ》がるなっていっただろう！」

あいつって、ほんとにずるいんだ。

道《みち》のむこうから、だれかがずぶぬれになって走《はし》ってくる。

あ、あいつだ。あいつがさがしにきたんだ。きっとおこってるぞ。あいつ、おこるとらんぼうなんだ。どうしよう、もうそこまできてる……。

あれ、ちがった。知《し》らない男《おとこ》の子《こ》だ。なあんだ。

あいつ、ほんとはつめたいやつなんだ。

あの赤《あか》レンガのへいの家《いえ》には、ばかでかい犬《いぬ》がいる。

いつだったか、そいつがいきなりとびだしてきて、けたたましくほえた。ぼくはびっくりして、あいつのうしろにかくれた。

ところがあいつも、ぼくのうしろに。ぼくもあいつのうしろに。

そうやってとうとう、このかどをまがっちゃったっけ。

あいつって、ほんとは弱虫《よわむし》なんだ。

道《みち》のむこうに、公園《こうえん》の入口《いりぐち》が見《み》えてくる。

いつも、さんぽにくる公園《こうえん》だ。

けやきの木《き》だけが、あめのなかにぼんやりとたたずんでいる。

ふと見《み》ると、木《き》のねもとに、ぼうきれがおちている。

そうそう、この公園《こうえん》にくるたびに、あいつはぼうきれをなげるんだ。

「そうら、ジョン。」

ぼくが走《はし》ってとってきてやると、

「よしよし。おまえはりこうなやつだ。」

そういって、ぼくの頭《あたま》をうれしそうになでる。

あいつって、ほんとはたんじゅんなんだ。

ものほし場《ば》で、すっかりぬれてしまったふとんを、あわててとりこんでいるおばさんが見《み》える。

つめたそうだな、あのおふとん……。

ああ、ぼくがまだ小《ちい》さかったころ、よくおふとんのなかで、あいつがだいてくれたっけ。

すごくあったかかったな。

まるでおかあさんみたいだった……。

あめは小《こ》ぶりになったけど、どぶ川《がわ》だけはいきおいよくながれている。

すてられたにんぎょうが、あちこちぶつかりながらながされていく。

まるで生《い》きてるみたい……。

そういえばぼくも、どぶ川《がわ》におちていたところをひろわれたんだっけ。

こわくてさびしくて、クンクン鳴《な》いていたら、あいつはだきあげてくれたっけ。ママとけんかしても、ぼくをかうってがんばってくれたっけ。

毎朝早《まいあさはや》おきして、ぼくのごはんをよういしてくれたっけ。近所《きんじょ》のいじめっこがぼくに石《いし》をなげた時《とき》だって、顔《かお》をまっ赤《か》にしてむかっていってくれたっけ。車《くるま》がビュンビュン通《とお》る道《みち》に、ぼくがとびだした時《とき》は、

「あぶない、ジョン！」

そういって、大《おお》あわてでぼくをだきあげてくれたっけ。広《ひろ》い原《はら》っぱで、ぼくたち、おなかがすくのもわすれて、思《おも》いっきりかけまわったっけ。

でももう……。

いつのまにか、あめがあがっている。雲《くも》のあいだからさしこんだ夕日《ゆうひ》

が、水《みず》たまりの上《うえ》でキラキラとおどっている。

あめあがりのあまずっぱい風《かぜ》が、ぼくのはなをやさしくなでた時《とき》、

「ジョ……ン。」

あいつの声《こえ》が聞《き》こえたような気《き》がした。

「ジョン。」

たしかにあいつの声《こえ》だ。ふりむくと、
あいつが力《ちから》いっぱい走《はし》ってくる。

「ジョン、さがしたんだぞー！」

聞《き》きなれた声《こえ》がぼくの体《からだ》を通《とお》りぬける。

ぼくは、しっぽを思《おも》いっきりふると、
むちゅうであいつのむねにとびこんでいった。

「ジョン、よせったら。どろだらけじゃないか。」

あめあがりの公園《こうえん》がやさしくわらっていた。

おでん屋台《やたい》にて　―あとがきにかえて―

A　なあ、幸《しあわ》せってなんだと思《おも》う？
B　おっと、いきなりきましたか、モグルはかせ。まだお酒《さけ》もおでんも注文《ちゅうもん》してないのに。
C　あら、あんたいくつよ。声《こえ》はしゃがれ声《ごえ》だけど、まだこねこでしょう。
B　わかってますよ、ぶうたれおばさん。ぼくは、ちゃんとウーロン茶《ちゃ》のんでますから。
C　はいはい、すいませんねえ。でもさ、幸《しあわ》せって、ほんのちょっとしたことで感《かん》じるものね。とくべつスゴイことはいらないの。さ
さいなことで昨日《きのう》と今日《きょう》がかわっちゃうのよ。だれかと心《こころ》が通《つう》じた気《き》がしただけで。
A　ぼくは、自分《じぶん》のほんとうにすきなことをしてくらしていられれば幸《しあわ》せだな。発明《はつめい》に没《ぼっ》頭《とう》できるとか。
D　ぼくの場合《ばあい》は、自分《じぶん》がみんなにみとめられた時《とき》だよ。たとえビリだって、たくさんの拍手《はくしゅ》をあびた時《とき》は最高《さいこう》の幸《しあわ》せ気分《きぶん》だね。
E　わたしは、わたしにとってひつような相手《あいて》に、わたしもひつようとされることね。
F　おいおい、幸《しあわ》せな時《とき》って、もしかしたら、幸《しあわ》せって思《おも》わないのかもな。その時《とき》は、ふつうって思《おも》ってて、不幸《ふこう》になった時《とき》に、あ、あの時《とき》はうさぎもいたし、なにごともおきなくて幸《しあわ》せだったんだな～って。あ、おれ、こんぶとちくわね。
D　チューハイたのんだの、だれ？
G　あ、オレだ。ありがとう。
C　あんた、ツルのくせにお酒《さけ》のむの？
G　モンゴルはさむいからね。オレはきもちよ

く空《そら》をとぶことかな、それも、自分《じぶん》らしくおもいっきりはばたいてる時《とき》さ。

C　自分《じぶん》らしくね。それも大事《だいじ》なことだと思《おも》うわ。あ、あたし、そのハンペンちょうだい。

H　ボクは思《おも》うんだけど、幸《しあわ》せって自分《じぶん》の中に階段《かいだん》があって、一段《いちだん》上《あ》がるたびに、ああ、幸《しあわ》せだなあって感《かん》じるものじゃないかなあ。

I　じゃあ、ダメねずみくんは、はじめが不幸《ふこう》なほど、そのあと幸《しあわ》せになれるっていいたいの？　ぼくも最初《さいしょ》どぶ川《がわ》でひろわれたし。

J　ぼくなんかうそつきっていわれてたから、ひとつ信頼《しんらい》されるたびに幸《しあわ》せを感《かん》じてる。

A　そういいながらビールのもうとしてるけど、おまえ、いくつだ。

J　えーと……今年《ことし》で21でーす。

A　まだうそつきがなおってないよ。はいお茶《ちゃ》。

J　ちぇっ、バレたか。

K　ねえ、ぼく、どんなめにあっても、今《いま》まで一度《いちど》だって不幸《ふこう》って思《おも》ったことないんだ。

C　いいわねえ、のんきなコロコロちゃんは。

F　あんたが一番幸《いちばんしあわ》せだよ。

K　ぼくだって、いつもいいところをさがして幸《しあわ》せだって思《おも》ってるんだい。

C　まっ、どんな時《とき》も幸《しあわ》せだと思《おも》えば幸《しあわ》せになり、不幸《ふこう》だと思《おも》えば不幸《ふこう》になるってことね。

E　なるものなの？　幸《しあわ》せって感《かん》じるものじゃない？

A　う〜ん、みんないっていることちがうけど、ひとそれぞれ、ぜんぶ正《ただ》しいかもね。

C　あら、もうこんな時間《じかん》。ではお先《さき》に失礼《しつれい》！

K　あっ、ぼくたちも。じゃあ、お幸《しあわ》せにい〜。

A　みんな帰《かえ》っちゃった。ゲゲッ。じゃあ、このおかんじょうは、ぜーんぶ、ぼく？　あーん、不幸《ふこう》はいきなりやってくるのか。

きむら ゆういち
東京都生まれ。多摩美術大学卒業。「あらしのよるに」（講談社）で産経児童出版文化賞JR賞・講談社出版文化賞絵本賞を、同舞台脚本で斎田喬戯曲賞を、脚本を担当した同映画が日本アカデミー賞優秀賞を、「オオカミのおうさま」（偕成社）で日本絵本賞を受賞。ほか、『あかちゃんのあそびえほん』シリーズ（偕成社）『よーするに医学えほん』シリーズ（講談社）「どうするどうするあなのなか」（福音館書店）『へんしん ぶうたん！』シリーズ『12支キッズのしかけえほん』シリーズ（以上ポプラ社）など、著書は500冊以上。純心女子大学客員教授。

はた こうしろう
兵庫県生まれ。京都精華大学美術学部卒業。絵本作家、イラストレーターとして国内外で活躍するほかブックデザインも数多く手がける。作品に『はじめてずかん』シリーズ（コクヨS&T）「なつのいちにち」（偕成社）「ゆらゆらばしのうえで」（きむらゆういち・作／福音館書店）「どうぶつなんびき？」『クーとマーのおぼえるえほん』シリーズ、『くまのベアールとちいさなタタン』シリーズ「はるにあえたよ」（原京子・文）「みてても、いい？」（礒みゆき・作）（以上ポプラ社）など多数。

掲載作品一覧

あしたのねこ　金の星社　2006年
はしれ！ ウリくん　金の星社　2003年
いつもぶうたれネコ　童心社　2009年
ひとりぼっちのアヒル　童心社　2008年
風切る翼　講談社　2002年
うそつきいたちのプウタ　チャイルド本社　2000年
モグルはかせのひらめきマシーン　偕成社　1987年
シチューはさめたけど…　フレーベル館　2001年
すごいよ ねずみくん　目黒区　2009年
コロコロちゃんはおいしそう　ポプラ社　1980年
あめあがり　小峰書店　1998年

※本書収録にあたり再推敲し、一部作品は加筆・改稿しました。（著者）

きむらゆういち おはなしのへや 5

2012年3月　第1刷発行

作　きむら ゆういち
絵　はた こうしろう
発行者　坂井宏先
編集　郷内厚子　佐藤友紀子　長谷川慶多
発行所　株式会社ポプラ社
〒160-8565　東京都新宿区大京町22−1
電話　03-3357-2212（営業）03-3357-2216（編集）
0120-666-553（お客様相談室）
FAX　03-3359-2359（ご注文）
振替　00140-3-149271
http://www.poplar.co.jp（ポプラ社）
http://www.poplarland.com（ポプラランド）
印刷所　瞬報社写真印刷株式会社
製本所　株式会社ブックアート

N.D.C.913／150p／21cm ISBN 978-4-591-12760-5

読書がもっとすきになる！　珠玉の童話集

きむらゆういち　おはなしのへや（全５巻）

きむらゆういち　おはなしのへや 1

あべ弘士・絵

敵と味方のドキドキの関係を描いたお話を収録

「あらしのよるに」「しろいやみのはてで」（『あらしのよるに』）「今夜は食べほうだい！　―おおかみ・ゴンノスケの腹ペコ日記―」「もしかして先生はおおかみ!?」「にげだしたおやつ」、「おっとあぶないペロペロキャンディ」「3じのおやつはきょうふのじかん」（『こぶたのポーくん』）

きむらゆういち　おはなしのへや 2

高畠純・絵

個性豊かな王者を描いたお話を収録

「だだっこライオン」「ぼくだってライオン」「やっとライオン」、「へんしん　ぶうたん！　ぶたにへんしん！」「へんしん　ぶうたん！　ライオンマンたんじょう！」「へんしん　ぶうたん！　ぼくだけライオン」（『へんしん　ぶうたん！』）

きむらゆういち　おはなしのへや 3

田島征三・絵

親子のつながりを描いたお話を収録

「オオカミグーのはずかしいひみつ」、「こぞうのパウのたびだち」「こぞうのパウのだいぼうけん」「こぞうのパウのたたかい」（『こぞうのパウのものがたり』）「いいかげんにしないか」「いやだ！　いやだ！」

きむらゆういち　おはなしのへや 4

ささめやゆき・絵

ちょっぴりふしぎなともだちとの日々を描いたお話を収録

「ごあいさつはすごいぞ」「ちょっとタイムくん」、「かいじゅうでんとう」「でたぞ！　かいじゅうでんとう」「またまた　かいじゅうでんとう」（『かいじゅうでんとう』）「アイスクリームがなんだ！」「どうぶつニュースのじかんです」

きむらゆういち　おはなしのへや 5

はたこうしろう・絵

愛するひととの出会いや絆を描いたお話を収録

「あしたのねこ」「はしれ！　ウリくん」「いつもぶうたれネコ」「ひとりぼっちのアヒル」「風切る翼」「うそつきいたちのプウタ」「モグルはかせのひらめきマシーン」「シチューはさめたけど…」「すごいよ　ねずみくん」「コロコロちゃんはおいしそう」「あめあがり」